나의 줄리엣에게
사랑이 왔다

나의 줄리엣에게
사랑이 왔다

글 · 그림_최영란

주변인의길

저무는 해 뒤로하고

앞서 가는 그림자 길게 돌아눕고

터벅터벅 텅 빈 걸음에

어둠보다 먼저 반겨주는 짧은 저녁 어스름

익숙한 내음이 깃든 풍경

집으로 돌아오는 골목길에서

물기 머금고 스치는 바람에

잠시 작은 숨소리를 인사처럼 뱉어본다.

때맞춰,

가로등은 높이 감춰둔 희망처럼 눈을 뜨고

띄엄띄엄 집들의 창가엔 불빛들이 눈을 깜빡이다

저녁 준비하는 어머니 손에 쪼개지던

통마늘 소리를 내며

밖으로 밝게 걸쳐 있다.

집으로 돌아오는 골목길에서

2006년 봄의 길목에서

최영란

CONTENTS

CONTENTS

물통에 맑은 물을 가득 담아 곁에 둡니다.

물 위에 비치는 얼굴이 잠잠해질 때까지 생각을 가다듬습니다.

손에 쥔 연필이 종이 위를 사각거리며 지나다니는 소리를 들으며

말과는 다른 언어가 씌어지는 걸 지켜봅니다.

지나치거나 어긋난 곳은 지우개로 지우고

덜 채운 곳은 다시 생각을 써넣습니다.

어느 순간에 작게 속삭이던 생각의 말들이

사람과 풍경 속에서 만남을 이룹니다.

그러면 준비해뒀던 깨끗한 종이 위에 다시 새집을 짓듯이

조심히 이들을 옮겨놓습니다.

이제는 좀더 신중해집니다.

붓끝이 연필보다 더 날카롭다는 걸 잘 알기 때문입니다.

이들이 상처받지 않도록 조심하면서

사람들에겐 어울리는 새옷을 지어 입히고

풍경 속엔 생기 있는 숨결을 불어넣어 줍니다.

색의 겹침과 풀어짐 속에서 작은 생각의 씨앗이 손끝을 거쳐

활짝 피어나는 경이를 마주하게 됩니다.

하지만 이젠 고요함 속에서 손끝을 통해 마주했던 것들과

헤어져야 한다는 걸 알고 있습니다.

누군가 종이 위 또 다른 세상 속으로 걸어 들어가는 뒷모습이 보입니다.

물기가 마를 때쯤 그 속엔 더이상 손 내밀던 이가 없습니다.

남은 아쉬움을 짙은 목탄으로 지워내 보지만

결국 아쉬움의 흔적만 짙게 그늘져 있습니다.

다행히 손에 묻은 물감과 목탄가루, 어느새 탁해진 한 통의 물속에서

또다시 다른 세계와 만남을 이루려는 들뜬 속삭임을 듣습니다.

오늘도 이렇게 그림과 만나는 이입니다.

따스한 감성의 집을 짓는 그림작가… **최영란**

e p i s o d e 1

부서지는 봄

잡히지 않는 얼굴에게

빗속에서 오래된 냄새가 나.
이런 날은 기억보다 먼저 해지고 사라졌을
내 옛날 옷이랑 운동화를 신고
아무도 몰래 마당에 서서 비를 맞아보고 싶어.
우스울 거야.
내 키도 내 발도 선 만큼 디딘 만큼 그새 자랐을 테니까.
잠잠한 바람에도 혼자서 발그레 익고 식어가던 뺨을 가진
사춘기에 고른 옷들이라면 얼마나 까다로웠겠어.
더이상 그 옷들에게 내가 맞지 않는 거겠지.
며칠을 감기로 끙끙 앓았어.
근데 감기가 아무리 지독해도 죽을 만큼 심각한 병은 아니잖아.
그냥 잠잠히, 더 조용히, 혼자서 외롭게 쉬면 지나가는 열병이잖아.
이참에 푹 쉰다고, 게으름 피운다고, 잘됐다고
좋아하기까지 했는데 아프긴 아팠나봐.
조금 수척해졌어.
그런데 열이 잠잠해지니까 조금은 명랑해지더라.

내가 작아졌다고 생각하니까 생각이 날 더 작게 만들고

잊혀진 옷들이 날 입혀놓았어.

바람이 없어도 가만히 꽃잎이 지던 그 슬픈 시절에

새침하게 고개 돌리지 말고 너에게 바보처럼이라도 웃어줄 걸 그랬어.

그거라도 기억하게.

다 자라버린 내가 지금에서야 그 시절 옷을 입고

너에게 웃어준다 생각하니 자꾸 웃음이 나서.

알아요? 봄이 왔어요!

먼 노랫소리 귓가에 은은하다.

누굴까?

아무도 없는 유채꽃밭에서 노래를 부르는 사람은.

내가 모르는 그녀에게도 봄이 왔나보다.

연하고 그윽한 눈길로 유채꽃이

그녀 맘을 노랗게 초록으로 물들였나보다.

그녀는 유채꽃만큼 봄이 되어

곁눈질로 바쁘게 유채꽃을 담아내다 그만 쏟아져

노래가 저절로 터져나왔나 보다.

유채꽃이 피었다고 봄소식을 전하려는데

생각이 머뭇머뭇 날아가다 흩어져버린다.

습관처럼,

떠나버린 네가 떠올랐기 때문이다.

그래도 여전히 생각 속에 네 이름만 또박또박 적힌다.

봄이 긁히는 그 소리,

내 노랫소리였다.

너에게 닿지 못하고 먼 데서 나에게 다시 되돌아온다.

나는 손을 모아 외친다.

알아요? 봄이 왔어요!

유채꽃이 또다시 피어난다.

오래 바라보는 나무

호수는 두꺼운 안개를 덮고 잠들어 있었다.

입김을 불어 안개를 걷어내려 했지만

그럴수록 안개는 더 두껍게 피어오르다 잠잠해졌다.

내 숨결마저 바닥나려 했을 때

나는 차라리 나무가 되기로 했다.

발목까지만 물속에 담근 채

나는 차갑게 몸을 식혀갔다.

안개는 내 몸에 축축이 달라붙었고

끝내 조용히 물방울로 흘러내렸다.

너무 차가워진 어둔 새벽엔

그대로 꽁꽁 얼어붙기도 했다.

그러는 동안 점점 안개는 옅어지고 얇아지기 시작했다.

너의 잠을 깨우는 데도 오랜 시간이 걸렸다.

다행히 산 그림자가 너를 지나가고

햇빛이 네 물결 위에서 반짝이며 부서질 때

비로소 너는 나를 처음으로 바라보았다.

그러나 너는 나를 당연히 알아보지 못했다.

나만이 너를 오래도록 바라봤고

난 어느새 껍질이 갈라진 나무가 돼 있었다.

눈부신 햇살에 가려운 살갗을 긁었을 때

나뭇잎이 돋아나기 시작했고

내가 서 있는 자리만큼만

너에게 그림자를 드리우고 있었다.

내가 싹트려면

너무 일찍 일어났나봐.

내가 아직 잠들어 있잖아.

바깥도 아직은 캄캄해.

꼬깃꼬깃해진 외출복이 껍질 같아.

정말 피곤했었나 보구나.

걱정 마.

봄볕도 한달음에 세상을 비춰나가려고

어디선가 머물며 쉬고 있어.

아직은 꽃봉오리도 눈을 가리고

새싹들도 등을 구부리고 자고 있는데

나만 구멍 난 까만 양말 틈으로

발가락 하나를 내밀고 있잖아.

조급해하지 마.

쿨쿨 자면서 쿵쿵 심장 소리를 쟁여놔.

곧 저 멀리 봄의 들판까지 뛰어가야 하니까.

내 이름은 봄

사는 게 거짓말 같아서

나도 이제 조금씩은 거짓말로 살아보려 해.

너란 말도 너무 먼 옛말 같아서 서글퍼지니까

너도 거짓말로 해두자.

겨울 동안 창문을 활짝 열어두었어,

시원하라고.

자꾸만 땀이 나서,

이러다간 몸이 다 녹아내려 사라져버릴 것만 같았거든.

아니, 그보다 몸이 말라서 부서져버릴까 두려웠거든.

언 것이 녹고 녹은 것이 말라가는 그 사이를 알 수 없었거든.

그 사이에서 멈추는 법도 알지 못했어.

차라리 지금 이대로 놔두고 싶었어.

근데, 방 안에 쓸데없는 것들이 갑갑하게 가득 차 있는 거야.

그래서 전부 내버렸는데, 알고 보니 나만 쓸모가 없었어.

버려진 것들은 전부 내가 쓰지 않아서 못쓰게 된 것들이었지.

내 손때가 묻은 것들인데 너무 오랫동안 내버려 뒀나봐.

나 때문에 내 방이 쓸모없게 됐어.

넌 알았니? 벌써 봄이래.

난 햇살이 너무 눈부셔서 두꺼운 커튼으로 창문을 가렸어.

아직 창문은 닫지 않았어.

내가 버린 것들이 가끔씩 날 찾아와 창문가에서 얘기하다 가거든.

봄이 온 것도 그 덕분에 알았어.

그래서 그런지 따뜻한 봄바람이 창턱을 넘어오면

몸에서 땀이 더 많이 흘러.

내 귀를 창문가에 올려놓았을 때부터 땀이 흐르기 시작했어.

나도 모르게 널 잃어버렸을 때일 거야.

넌 거짓말이래도 좋으니까

내 창가에 와서 "불이야!" 하듯이

"봄이야!" 하고 외치고 도망쳐도 괜찮아.

내가 버린 것 중에 나만 돌아오지 않고 있잖아.

멀리 가는 봄

멀리 떠나는 한 사람이 있었다.

나는 가만히 서 있을 수만은 없어서 그를 따라갔다.

이미 그와 나 사이는 한참이나 멀어져 있었다.

그래도 개의치 않고 걸었다.

그와 나 사이에도 봄이 찾아왔건만

내 등 뒤에선 아직도 매서운 눈바람이 몰아치고 있었다.

멀리 보이는 그의 앞길엔 뜨거운 태양이 그를 태우고 있었다.

나는 그가 아니더라도 그의 등 뒤에 펼쳐진 봄이라도 잡고 싶었다.

그는 묵묵히 자신을 식힐 수 있는 가을의 초입을 찾아

갈라진 발바닥을 끌며 걸어가고 있었다.

내가 다가갈수록 봄의 문을 여는 손잡이는 잡힐 듯 멀어져 갔다.

그 역시 멈출 생각 없이 앞으로 나아가고만 있었다.

그러다 나는 멈춰 섰다.

멀리 돌아서 봄을 찾아가기 위해서였다.

그리고 그를 만나면 꼭 묻고 싶었다.

당신은 그때 나를 떠나가고 있었던 것인지,

아니면 내가 지나온 겨울을 이해하고 날 이해하기 위해

걸어가고만 있었던 것인지.

당신을 돌려 세우든 그러지 못하든

나의 쉼은 당신과 나 사이의 수척한 봄에 있다는 것만은 알고 있다.

나를 딛고 너에게로, 그중에 징검돌 하나

지난겨울은 너무 추웠어.

밖으로 나갈 엄두가 나질 않았어.

아냐, 미안해.

거짓말이야.

이 겨울도 날 식혀주지 못했어.

우리가 깃들 자리를 파 내려가는 동안

흙만 덜어내면 제법 아늑한 보금자리가 생길 줄 알았어.

그러다보면 맑고 단 물줄기를 만나

고단한 몸을 쉬게 될 줄 알았어.

하지만 우리가 깊어지는 동안

우리가 파낸 건 부드러운 흙만이 아니었어.

처음엔 목에 걸리는 자잘한 모래알이려니 했어.

작은 돌멩이들을 밖으로 내던지기도 했고

때론 묵직한 돌들을 힘겹게 내다놓기도 했어.

그래도 괜찮았어. 아니, 상관도 안 했어.

우리의 자리는 깊어가고 있었고

우리는 정말로 깊이 숨겨져 있던 우리의 샘물을 찾았으니까.

하지만 몰랐었어.

우리의 허물을 그렇게 함부로 밖으로 내던져 놓아선 안 된다는 것을.

밖에는 항상 햇빛이 깃든 파란 하늘만 있는 건 아니라는 것을

잊고 있었어.

바람이 부는 동안

비가 내리치는 동안

그것들은 부서지고 스며들어

우리들이 있는 곳까지 되돌아왔어.

더이상 파내서 버릴 수도 없었어.

먼지가 쌓여서 우리가 숨을 쉴 때마다 피어올랐어.

우리가 먹고 마시던 샘물이 탁해졌어.

우리가 깊어진 만큼 우리는 서로 원망하고 미워했어.

우리가 밖으로 올라와 등을 돌리고 앉았을 때

우린 이미 지칠 대로 지쳐 있었어.

우린 서로의 더러워진 옷과 수척한 얼굴을 차마 마주하지도 못하고

각자의 자리로 돌아갔어.

날마다 신열에 달궈지던 밤이었어.

이 겨울도 날 식히지는 못했어.

그렇게 나는 풀어져버렸어.

언 땅이 녹고 흐르는 물소리가 들려올 때에야

뜨겁던 열기도 지나갔다는 것을 알았어.

날 추스르기 위해 밖으로 걸어 나갔어.

어긋난 내 뼈들을 가지런히 맞춰야만 했으니까.

그러다 멈춰 섰어.

내가 너에게 갈 때, 네가 나에게 올 때 건너던 징검다리에서였어.

다시 한 번만 이 징검다리를 건너보고 싶었어.

중간쯤 가서야 가운데 징검돌이 없다는 걸 알았어.

아마도 우리가 이 징검돌로 우리의 깊어졌던 자리를 막아버렸을 거야.

나는 끊겨진 징검다리 위에 쪼그려 앉아

지난겨울 얼어붙었다 흘러가고 있는 너와 나를 바라만 보고 있어.

이렇게 기다릴까봐.

어쩌면 네가 다시 여기를 건너려고 올 때까지.

아니, 그 전에 내가 먼저 없어진 징검돌이 되어줄까 봐.

부서지는 봄

다시 바람이 불어왔을 때 사람들의 옷이 얇고 환해졌다.
겨울바람을 견딘 몸들은 충분히 단단하게 살이 올라 있었다.
사람들은 무겁게 걸쳤던 옷들을 벗고
화사하고 얇은 옷을 꺼내 입었다.
더이상 차가운 맞바람에 어깨를 움츠리지 않아도 되었고
어두운 벽에 기대어 자신의 그림자를 발로 비비며
바람을 피하지 않아도 되었다.

푸석하게 언 땅에 따뜻한 물이 축축이 스미자
나무들은 뿌리로 뜨겁게 물을 끓여내 가지를 튀기고 있었다.
갈라진 가지 틈에선 새싹이 부풀어올랐다.

은근한 햇빛에 안 그래도 까맣게 탄 씨앗들은
이리저리 구르며 다시 한 번 몸을 굽더니
맘에 안 든다는 핑계로 몸통을 깨뜨리고
연녹색 손바닥을 털고 있다.

내가 두꺼운 옷을 벗고 다시 바람을 벗었을 때
내 몸은 금이 가기 시작했다.
햇볕도 내겐 너무 뜨거웠다.
찬물에 몸을 담그고 다시 한 번 봄 앞에 섰을 때
내 몸은 산산이 조각나버렸다.
내 속은 텅 비어 있었다.
지난겨울 동안 나는 나를 갉아먹고 견뎠다.

e p i s o d e 2

서늘한 여름

여름밤의 세레나데

아, 깊다.
열대의 밤.
아무리 빠져들려 해도
잠에 빠지지 않는다.
눈만 멀뚱거리다 네 생각에
내 마음마저 장작처럼 활활 탄다.
눈앞은 환해지고
내 속은 더 뜨거워진다.

넌 날 보면 무슨 걱정이 있냐고,
눈 밑이 어둡다고 하지.
네가 알겠니? 나를.
넌 날 보면 가끔가다 토라지고
내가 너무 냉정하다고 하지.
네가 알겠니? 나를.
이 열대의 밤을 견디기 위해
너를 먼저 잠재우기 위해
새벽까지 날 얼마나 식혀야 하는지.

어쩌면 더운 날은

한여름에도 잎은 진다.

하지만 아무도 그 잎을 주워 책장 사이에 묻어주지 않는다.

그 잎에는 추억할 가을이 새겨져 있지 않다.

한낮에도 별은 진다.

하지만 아무도 그 별의 흔적을 보지 못한다.

소원을 매달지 못한 그 별의 꿈은 가난하다.

너무 더워서 파란 하늘에 머리를 감고 싶은 날이다.

머릿속까지 퍼렇게 물드는 시원한 생각을 찾아가다가

갑자기 얼얼해지더니 머릿속이 뜨거워진다.

한여름에 져버린 잎새에 빼곡히 적힌 가을의 동경을 읽고 싶었다.

저 반대편 밤의 시간에라도 내 꿈을 적어 매달아놓고 싶었다.

내 몸이 더운 건 식어버린 내 생각을 덥히기 위해서 그런가,

하고 생각한다.

졸린 눈부터 찬물로 깨운다.

봐야 할 것이 너무 많다.

해변에 쓸려온 말들

다시 찾은 바닷가엔 낯선 것들이 가득 쓸려와 있었다.

애초에 우리가 함께 걸었던 모래사장에 찍혀 있던

우리의 발자국 따위를 발견하려는

동화 같은 얘기를 주우러 여기에 온 것이 아니었다.

벌써 먼 바다로 쓸려가고 잊혀졌을 우리의 얘기는

나에게조차 희미하다.

하지만 지금 여기는 너무 낯설다.

발밑에 너와 나의 말들이 서걱거리며 밟힌다.

나는 그 소리를 알아들을 수 없다.

너와 나의 말들은 자음과 모음으로 부서져 쌓였다가

또다시 부서지고 있다.

더이상 긴 문장도 없고 뜻이 있는 단어조차 없다.

나는 참 짧은 것들이 말이 되어 생각을 지었구나, 하고 생각한다.

그때는 너와 나의 거리가 그렇게도 가까웠을까.

아니, 말이 필요 없었을까.

너와 나의 너무도 짧은 거리에 너무 오랜 것을 기대했던 걸까.

이젠 긴 말로도 좁힐 수 없는 너에게

짧은 인사를 오랫동안 더듬거리며 뱉어본다.

저기, 이제 얼굴도 지워진 조약돌 두 개가 물결에 쓸리고 있기에

주워 들고 돌아선다.

그새 두껍게 굳은살이 앉은 발뒤꿈치에

부서진 말들이 자꾸만 달라붙는다.

내 범선이 빨간 풍선을 따라가 주길

뜨겁게 이글거리던 도시가 어둠에 먹히고 있었다.

드넓게 펼쳐진 먹구름이 지칠 줄 모르고 타오르던 태양을 삼키고

도시에 어둠을 드리우고 있었다.

세차게 장대비가 쏟아졌다.

도시의 소음이 지워지고

끈적한 열기가 풀려나고 있었다.

대낮의 어둠은 반가웠고

빗소리는 시끄럽지 않았다.

잠깐 동안 통쾌했다.

적막과 소음 사이로

먹구름은 비를 쏟으며 지나가고 있는 것처럼 보였다.

그 틈에 멍해진 내 속에서 탁탁거리며 부싯돌이 부딪치더니

불이 켜졌다.

눈이 밝아지면서 나를 가득 채우고 있는 상념들이 보였다.

나는 다시 부싯돌을 부딪치며 생각의 힘만으로

적막과 소음 사이에 커다란 범선 한 척을 띄웠다.

내 상념의 보따리를 그 위에 집어던졌다.

범선은 무겁게 기울면서도 내게서 점점 멀어져 갔다.

눈을 멀리 돌렸을 때 떠 있는 것은 내 범선만이 아니었다.

종류를 헤아릴 수 없을 정도로 많은 배들과 기구들이

도시 위를 떠가고 있었다.

나와 이 도시는 가벼워질 수 있을까.

생각의 끝이 놓쳐질 때쯤 먹구름은 물러갔다.

다시 태양이 도시를 달구기 시작했다.

어떤 아이가 놓친 빨간 풍선이

흐리게 걸쳐진 무지개 너머로 사라지고 있었다.

더도 말고 내 범선이 저 빨간 풍선만 따라가 주길 바랐다.

헤어짐의 속도에 깃든 우리의 사랑

빗방울이 건반을 두드린다.

내 발가락이 더듬거리며 그 음을 찾아 누른다.

빗방울은 너무 빠르고

내 발가락은 너무 더디다.

다행히 내 손은 느리게라도 빗소리를 받아 적고 있다.

눈꺼풀이 무거워지더니 서서히 감긴다.

나는 엎드려 누워 우리 헤어짐의 속도에 대해 생각했었다.

우리는 긴 시간 동안 뜨겁고 빠르게 이중주를 연주했지만

서서히 식어가고 느려지다 연주를 멈출 수밖에 없었다.

우리는 추워서 떨고 있는 곱은 손들을 주머니에 넣고

등을 돌려 떠나버렸다.

그것은 아주 짧은 순간에 일어난 일이었다.

나는 알고 싶었다.

우리가 왜 변했는지,

무엇이 우릴 변하게 했는지,

이별의 순간은 왜 그리 짧은지,

이별의 순간에 깃든 우리의 수많은 표정이
어떻게 한순간에 스쳤다 사라질 수 있는지.
나는 헤어짐의 속도에 깃든 우리의 사랑을 풀어보고 싶었지만
결국 빗소리에 내 마음을 헤아리다 잠이 들고 말았다.
우리 뜨겁고 빠른 사랑의 시간에
헤어짐의 속도가 반비례하길 바라면서.
잠든 내 머리맡엔 빗물이 번져 알아볼 수 없는 악보가 흩어져 있고
내 눈가엔 더이상 연주되지 않는 음표들이 흘러내리고 있었다.

내 붉은 것들은 다 어디로 갔을까

담장 밖으로 장미 넝쿨이 넘어와 있었다.

저 붉은 향기는 매혹도 깊지만

굳이 가시를 숨기지 않는다.

그래도 자연의 무거움 앞에는 어쩔 수 없나보다.

풀어져 떨어진 붉은 비늘들.

아직은 제 몸의 그늘 밑에서 더 붉게 숨을 쉰다.

붉은 꽃잎들이 햇빛에 까맣게 타들어 가기 전에

저 붉음 속에서 무거움만을 벗겨주고 싶었다.

장미 넝쿨은 꽃잎을 땅에 떨구는 게 아니라 하늘로 털어낸다.

붉은 꽃잎이 하얀 구름에 옅어지면

파란 하늘은 딱 그만큼만 하늘색으로 만나

옅게 퍼지는 그 보랏빛 속에

아직은 발간 볼의 저 아이,

빨간 장갑을 끼고도 눈을 뭉치면 손이 시린 저 소녀,

붉은 입술에 눈매가 서글서글한 저 처녀,

붉은 연지가 곱게 찍힌 저 새색시,

붉은 지갑에서 저녁값을 챙겨주는 저 누군가의 엄마,
붉은 스웨터에 세뱃돈을 넣어둔 저 할머니.

다시 땅 위에 발을 디뎠을 때
저 붉은 것들의 숨겨진 표정에 가슴이 훈훈해진다.
내 붉은 것들은 어디에 다 떨어져 있는 걸까.
다시 붉은 꽃잎에 눈길을 던지는데
무거움은 남고 붉은 것만 하늘로 날아오른다.

슬픈 물고기

갈증이 나서 하루 종일 물을 마셨어.
내 몸속에 목마른 물고기라도 살고 있나 싶었어.
이젠 무거워진 몸이 자꾸만 밑으로 가라앉고 있어.
졸음까지 밀려와 눈이 감기고 있어.
하긴 저 깊은 물속엔 빛이 없으니
눈도 필요 없겠지.
실은 내가 바로 마른 시간 속을 살고 있는
한 마리 물고기일 거야.
마른 시간 속에서조차 가라앉는 무거운 물고기.
너라도 목마른 내 시간 속에 찬물을 부어주겠니.
그러면 떠오르기라도 할 것 같아.
내가 부탁하면 넌 들어주겠지.
아니, 그러지 마.
대신 나 때문에 네가 말라간다는,
그런 무서운 말은 두 번 다시 내게 하지 마.
기억조차 안 나니?

내가 목이 마른 건

너에게 내 물을 모두 쏟아 부었기 때문이야

지금 그 후회가 날 갈라지게 하고 있어.

서늘한 여름, 귀뚜라미는 왜 우는가

귀뚜라미가 운다.

여름도 다 가고 있나봐.

아직도 네 잃어버린 하모니카를 찾고 있니?

사실은 네 하모니카, 내가 훔쳤어.

그 늦여름 친구들과 저수지에 갔을 때

네가 하모니카를 불고 있었을 때

나, 자고 있지 않았어.

감기 기운이 있어서 일찍 텐트에 들어갔던 거야.

네가 떠나가는 청춘에 바치는 연주라며

아울러 우리에게

절대 잡히지 않는 물고기에게 바치는 심심한 유감가라며

고래고래 입으로만 헛바람을 넣을 땐 또 시작이다, 라고만 생각했어.

미안하지만 넌 평상시와 다르게

그렇게 슬픈 하모니카 소리는 내지 말아야 했어.

난 텐트 속에서 울음소리를 참으며 펑펑 울었어.

네 덕에 낚시꾼들이 순식간에 술꾼으로 바뀌었잖아.

모두가 잠들었을 때 난 네 하모니카를 훔쳐서

저수지를 돌아 멀리 앉았어.

그리곤 더듬더듬 하모니카를 불기 시작했어.

난 하모니카를 불어본 적이 없었어.

하지만 최대한 슬픈 소리로 최대한 크게 불었어.

시척에 울고 있는 귀뚜라미처럼 나도 날개를 비벼서

몸으로 울고 싶었는데

내겐 그런 게 없으니까

내 몸은 소리가 나지 않으니까

하모니카라도 불어야만 했어.

안 그랬으면 꺼져가는 모닥불에 날 장작처럼 쑤셔 넣었거나

젖은 장작 같은 내 몸을 저수지에 내던져 버렸을 거야.

난 차라리 간절히 귀뚜라미가 되고 싶었어.

제 몸을 비벼서 울고 있는데 저렇게 맑은 소리가 나다니.

내가 귀뚜라미보다 못하다는 생각이 들었어.

그래서 우습지만 하모니카를 불면서, 아니 불어재끼면서

귀뚜라미처럼 울고 싶었어.

확실한 꿈에 불확실한 내가 한심해서 울었어.

불확실한 내가 너를 사랑한다는 게 어이없어서 울었어.

그런 나를 영원히 사랑한다는 너의 덧없음에 울었어.

청춘도 모르고 청춘을 아쉬워하는 내가 미워서 울었어.

그놈 하나 키워보겠다고 청춘을 다 보낸 엄마, 아빠 생각에

미안해서 울었어.

그래, 그날 새벽까지 난 맑은 소리 하나 없는 귀뚜라미가 돼서

정작 맑은 소리 내는 귀뚜라미들은 다 쫓아버렸어.

그렇게라도 울어보고 싶었어.

근데 얼마 전에야 알았어.

너희들 모두 내가 하모니카로 고성방가 하는 소릴 다 듣고 있었다고.

친구들은 그날의 사건을 저수지의 테러라고 부른다고.

정말 날 테러라도 하고 싶은 새벽이었어.

넌 날 찾으러 갔다면서 왜 날 가만두었니.

내 연주가 그렇게 감동적이었어?

고마워, 그렇게 가만히 지켜봐 줘서.

그리고 고마워, 나한테 하모니카를 잃어버려줘서.

귀뚜라미가 울면 그날이 생각나서

난 또 그날에서 얼마만큼 멀어져 있나 해서,

그리고 이렇게 네 생각이 떠오르면

다시 하모니카를 더듬더듬 불어보면서

너 모르게 네 입술에 입 맞추잖아.

잘 지내지?

또 여름이 간다.

episode 3

혼자 가는 가을

"업혀줄래"라니, 참 네 말도

네가 대뜸 나보고 "업혀줄래"라고 말했을 때
나는 피식 웃어버렸어.
또 네 썰렁한 익살 중 하나 갖고 내게 장난치려나 했지.
뻔하지 뭐.
네 멋대로 업어놓고선
"솔차니 무겁네요이, 마님. 궁댕이가 거시기 허네요이,
저 가튼 놈 아니면 누가 업을라고나 헐랍디까."
어쩌고저쩌고 말할 게 뻔하니까.
네가 자꾸만 애처럼 보채니까.
애 같은 네가 왜 날 업니?
아니, 그보다도 네가 장난치던 때와는 너무 달라서,
장난치고는 네가 너무 진지했으니까
사실 망설였어.
업는 사람은 모르겠지만 치마를 입고 있어서
내 모양새가 그다지 보기 좋지 않거든.
주저하니까 네가 또 "업혀줄래"라고 말해.

업으면 업는 거고 업히면 업히는 거지

"업혀줄래"라니, 참 네 말도.

남에게 보여줄 것도 아닌데 속는 셈치고

네 말대로 네 등에 업혀줬어.

근데 네가 예상과 다르게 아무 말이 없기에

내가 먼저 "그래, 네 등판 넓다" 하고 운을 띄워도 넌 말이 없고,

그러거나 말거나 편하고 기분이 좋아져서

"네 등 참 좋다"라고 했더니

그제야 "고맙다, 날 무겁게 해줘서"라고?

안 그랬으면 위태롭게 휘청거리다 쓰러졌거나

내 무게가 느껴지지 않아 날아갔을 거라고?

네 뜬금없는 말에 난 할 말을 잃고

가만히 네 등에 얼굴을 기댔어.

얼마쯤 그랬을까. 내 이가 시려왔어.

미안해, 네 앞모습만 보려고 했나봐.

네 품에 안길 때도 따뜻한 줄만 알았어.

네 등이 이렇게 시린 줄은 미처 몰랐어.

제자리걸음만

하늘은 높아져

고개를 높이 들어 올리게 하고

바람은 서늘하니

내 몸의 온기를 보듬게 하고

나무는 색을 입고

더러는 입은 것마저 벗어버리고

나는 변해가는 것 틈에서 혼자만 주춤하다가

기지개를 켰더니 배만 고파온다.

눈에도 담아보고

발로도 디뎌볼 겸

가을 산에 오르는데

닳아진 발뒤축만큼

내가 기우뚱거리고 있었다.

가로줄 반점이 있는 물고기

먼 뱃고동 소리가 물살을 가르고
젖혀진 틈으로 뚫고 내려와
여기 깊은 심해의 밤하늘에 부서져 내려도,
나는 더이상 한껏 들뜬 숨을 머금고
행여나 네가 뱃전에 서 있을까 하는 조바심에
멀어지는 뱃머리를 먼 시선으로 잡기 위해
물 위로 떠오르지 않아.
달이 환한 밤 사람들의 노랫소리가
파도에 떠밀려와도,
나는 더이상 물살에 푸르게 빗겨진 몸이
눈에 띄는 위험을 무릅쓰고라도
행여나 네가 다른 사랑에 손을 내밀까
서글픈 달빛 같은 파란 눈으로 널 질투하기 위해
해변 가까이 젖은 머리를 띄우지는 않아.
아무리 멀리 있어도
아무리 깊이 숨어 있어도

결국 우리는 우리대로 살아가게 돼 있어.

나라는 어떤 것.

너라는 어떤 것.

그건 그리 쉽게 알아볼 수 없을 정도로 많이 변하지는 않아.

다시 바다로 돌아오면서 보고픔을 버렸어.

그래서 두 눈을 잃었어.

그래도 그리움이 떠오르기에 깊은 심해에서 나를 누르고 있어.

난 여기서 눈의 현혹 대신 몸의 직감을 새겨 넣었어.

난 여기서 내 눈이 되어줄 누군가를.

넌 거기서 널 봐줄 누군가를 다시 사랑하게 되겠지.

여긴 항상 어두울 거라 생각하겠지만

밤하늘에 별이 반짝이면 여기선 별빛이 눈처럼 떨어져 내려.

너도 가끔씩 아득히 잃어버린 것을 별빛에 비춰볼 때가 있니?

가끔씩 내 몸에 가로로 새겨진 반점이 반짝거릴 때가 있어.

혼자 줍는 가을에

낙엽을 주웠어.

마른 것들.

흩어지는 것들.

멈춘 것들.

시간을 잊은 것들.

속내가 썩어진 것들.

열심을 다한 것들.

사라지는 것들.

잊혀지는 것들.

눈물이 묻어나는 것들.

그런데 나는 없었어.

찾으려 해도 보이지 않았어.

내 흔적조차 찾을 수 없었어.

멀리서도 네가 보이기에

혹시나 떨어져 내린 내가 있을까 싶었어.

그래,

우린 오래전에 함께 있었고

이미 오래전에 헤어졌어.

이젠 나도 내가 새겨졌던 낙엽을 주워 갈까 했었어.

가을을 짚어가는 의문

가을은 왜 꽃의 계절이 아니라 나무의 계절일까.

그저 다채롭게 물든 색의 아름다움 때문일까.

꽃이 예정된 색을 피운다면

나무는 지나온 색을 피워내는 걸까.

가을이 지나온 이야기에 귀 기울이기 좋은 계절이기 때문일까.

그런데 왜 정작 나무는 자신이 가장 돋보이는 계절에

자신을 거두고 잠들어 가는 걸까.

나무는 사람의 말은 피워내지 않기에

발밑에 흩어진 낙엽을 밟아보다

사방으로 뻗어나간 줄기의 모양새를 뜯어보다

회갈색으로 갈라진 나무껍질을 물끄러미 바라보다

가만히 손바닥을 대본다.

오래도록 고독했을 얼굴이 까칠하게 만져진다.

아직 온기가 있다.

희미한 숨결이 느껴진다.

치열했던 열기가 사그라지는 진동이 손에 잡힌다.

나무도 지금 손바닥으로 전해지는 내 소리에서

무엇인가를 듣고 있을까 생각한다. 난 손을 떼고 만다.

나무가 고동치던 맥박을 잠재우고 있는 가을 숲은 적적하다.

가을 나무는 숲 속을 걷는 나에게 내 심장소리를 듣게 한다.

그 소리를 따라 지나온 날들의 이야기가 되돌려진다.

내 지나온 색은 무엇일까.

뒤를 돌아보면 나무는 넓게 일군 낙엽 밭에 홀로 서서

열 뼘이나 훌쩍 자란 손가락을 펼치며 나를 보낸다.

가을은 저 나무의 계절이다.

졸리운 가을 햇살 속에서 우리의 눈물겨운 사랑

나– 그렇게 입 크게 벌리고 하품하지 마.

  내가 네 속으로 뛰어들지도 몰라.

너– 와, 대단한데.

나– 뭐 해? 하늘 대고 입은 왜 벌려?

너– 하늘 먹으려고. 이왕이면 하늘을 날아보자.

나– 와, 대단한데.

너– 어디 가?

나– 날개 사러.

너– 와, 대단한데.

나– 뭐 해? 물구나무는 왜 서?

너– 중력을 빼고 있어.

나– 와, 대단한데.

너– 또 어디 가?

나– 망토랑 탑이랑 미니스커트랑 부츠라도 사러.

너– 와, 대단한데.

나– 넌 또 어디 가?

너— 돈 벌러.

나— 와, 대단한데.

너— 뭐 해? 손은 왜 파닥거려?

나— 맨몸으로 나는 연습 좀 해보려고.

너— 와, 대단한데.

나— 뭐 해? 뭐 먹어?

너— 살찌우고 있어. 떨어지면 물침대가 돼줄게.

나— 와, 대단한데.

너— 너도 하품하는 거야?

나— 아니, 하늘 먹어.

너— 나도 배고파. 하품할래.

……

졸리운 가을 햇살 속에서 우리는 대단히 눈물겨운 사랑을 했다.

하품을 하면서, 정말로 눈물을 흘리며,

그러다 배가 고프면 파란 하늘을 한 입씩 베어 먹었다.

시간 가는 줄 몰랐고

배가 불러왔을 때

우리의 가을 중 한 날이 저물고 있었다.

가을밤 마지막 비늘에 띄운 편지

가을밤이 깊어지면 너는 무슨 생각을 하니.

그래, 이제 와서 너에게 무슨 대답을 기대하고서 하는 말은 아니야.

난 이제야 널 잊을 수 있겠구나, 라는 생각을 했어.

오늘, 내 몸에서 마지막 비늘조각이 떨어져 나갔거든.

마지막 비늘조각은 내 명치끝에 붙어 있었어.

치명적인 데지.

다행이라 생각했어.

너와의 사랑이 내 삶에 치명적일 수 있어서.

가볍고 흔한 것에 내 시간과 감정을 쓰고 싶진 않았거든.

내 몸에 붙어 있던 비늘이 모두 벗겨지는 데만도

오랜 시간이 걸렸으니까.

내 믿음이 틀리지 않은 것만은 증명이 됐잖아.

처음부터 영원은 바라지도 않았으니까.

난 후회하지 않아, 널 택한 내 사랑을.

지금도 꼭 필요한 말처럼 사랑을 사랑이라고

주저 없이 말하고 있잖아.

그때부터였어, 내 몸에 비늘이 돋아나기 시작한 건.

처음엔 비늘인 줄 몰랐어.

그것은 한 조각 빛이었으니까.

왜 사랑하면 예뻐진다는 말 있잖아.

아마도 이 빛 때문에 환하고 빛나 보여서일 거야.

이 빛은 내가 너에게 사랑한다고 말할 때마다

내 몸에 생겨나기 시작했어.

처음엔 몰래 쑥스럽게 세어보곤 했는데

나중엔 세어볼 엄두가 안 날 만큼 많아졌어.

그리고 그때는 내가 널 사랑한다고 말할 때마다

너도 나에게 사랑한다 말했었잖아.

그때마다 이 빛은 반짝였어.

물론 넌 몰랐겠지만.

농담 같지만 한때 두꺼웠던 네 눈의 콩깍지도

어쩌면 이 빛 때문인지 몰라.

알아, 그토록 셀 수 없이 표현해도

담을 수 없는 간절함은 언젠가 식어가리란걸.

아까도 말했지만 난 어리석게 영원에 집착하지 않아.

하지만 내 사랑을 순간에만 새기고 싶지도 않았어.

나중에 치명적인 독이 되더라도

내 사랑을 그 흔한 사랑의 자리에 올려놓고 싶지 않았어.

하긴, 자신의 사랑을

흔한 사랑이라고 말할 사람이 누가 있겠니.

어쩌면 넌 이런 나의 모습을 미련하다고 핀잔할지도 몰라.

하지만 어쩌겠니, 이게 나인걸.

널 사랑했고 네가 사랑했던 나인걸.

그래, 우리가 헤어지고 나서

그 빛은 서서히 사그라지고 딱딱한 비늘로 남았어.

그 후, 한 밤 한 밤 조금씩 떨어져 나갔어.

그리고 오늘에까지 온 거야.

또다시 널 사랑해도 아깝지 않을 밤들이었어.

잘 가.

이젠 널 잊을게.

나 어쩌면 이 글을 적느라 쓴 '사랑' 때문에 비늘이 돋아서
잠시만 더 비늘이 떨어져 나가길
기다려야 될지도 몰라.
미련하게도.

혼자 가는 가을

가을에는 헌것이 새것 같아.
하늘도
나무도
바람도

이번이 마지막인 것처럼,
이번을 위해 변해왔던 것처럼.

아니, 헌것이 된 게 아니라 깊어진 거겠지.

눈이 맑아졌기에
귀가 잔잔해졌기에
가을 사이로 걸어보았어.
그 깊음 속으로 들어갈 수 있을까 해서.
이렇게 혼자 가다보면
헌 나를 보고도
내가 새것이라고 등을 토닥여줄
누군가를 만날 수 있을 것 같아서.
그게 바로 나일지도 모른다는 희망을 가지고서.

e p i s o d e 4

아무도 모르게 겨울

흰 고양이 날 보며 야옹 한다

흰색 털모자를 눌러쓰고

베이지색 체크무늬 목도리로 얼굴을 칭칭 감고서

눈만 말똥말똥 널 찾는다.

눈동자만 맑게 시리다.

답답해서 목도리를 얼굴 밑으로 내리고

하얗게 입김을 피워내 본다.

귀가 시려와 털모자를 더 깊숙이 눌러쓴다.

무료해서 팔짱을 끼고 있다가

빨간 장갑 낀 손을 외투 주머니에 집어넣는다.

콧속이 꺼슬해져 오고

입술은 조금씩 말라간다.

난 조금은 화가 난 듯

조금은 불량하게 한쪽 다리를 내밀다가

얼어붙은 보도블록을 발로 툭툭 찬다.

그래도 이 겨울은 깨지지 않는다.

너만 약속 시간을 깼다.

이제 마지막이다.

네가 선물한 것 중에

흰색 고양이 그려진 파란 양말만 보여주면 끝이다.

사실 이 양말은 창피해서 밖에 내놓기 좀 그렇거든.

또 어딘가 숨어서 날 훔쳐보고 있다면 얼른 나와.

점점 더 너워진다.

할 수 없이 바짓단을 만지는 척

짓궂은 흰 고양이를 거리에 풀어놓는다.

너는 왜 안 올까…….

너와의 추억 여행이 시작됐다

잎보다 먼저 피는 목련꽃보다도 빠르게

봄눈을 뿌리는 벚꽃보다도 빠르게

눈 속에 파릇한 겨울보리보다도 빠르게

동지팥죽 속에 동동 뜬 새알심보다도 빠르게

첫눈보다도 빠르게

나는 겨울을 준비했어.

그러다 기다리던 첫눈이 먼저 시작됐어.

너와 나의 겨울 추억부터 기나긴 여정이 시작된 것이지.

흩날리는 눈발이 성큼성큼 내 가슴속을 뛰어다니고 있어.

지금 우리는,

나– 이보게 자네, 뭐 하고 서 있나?

　　이 아씨마님 걸어가시는데 눈길 좀 쓸어놓게나.

너– 그래얍지요 뭐. 근데 자네는 뭐 하고 있나?

　　부엌에 부지깽이는 생쥐가 물고 갔나?

　　어여 이 도련님 세숫물이나 데우게.

눈 속의 저 어여쁜 정인들,
한 명은 내 낭군이고 한 명은 네 낭자다.
우리는 연애 짓기 과거시험 치르러
한양에 있는 봄궁까지 간다.

담장에 쌓이는 눈

너는 나에 대해서 너무 많은 것을 알고 있고

나도 너에 대해서 너무 많은 것을 알고 있어.

우린 서로에 대해 너무 많은 것을 알아버렸어.

시시콜콜한 것까지 전부.

하긴 우린 너무 오랫동안 알고 있었으니까.

우린 너무 오랫동안 친구였잖니.

너와 나의 집이 담 하나를 사이에 두고 있었고,

내가 숫자를 셀 수 있을 때부터.

그때는 내 걸음으로 우리 집에서 너희 집까지 서른세 걸음이었어.

그리고 해마다 두세 걸음씩 너와 나의 사이가 가까워졌어.

그러다 열네 걸음에서 멈춰버렸어.

아무도 몰래 다리를 최대한 넓게 벌리고 걸어도 열 걸음이 넘어.

우리는 그동안 많은 얘기를 했고 들어줬잖아.

넌 알 수 있니?

우리 사이에 놓여 있는 걸음을 줄이는 방법을.

넌 나에 대해서 많은 것을 알고 있잖니.

아니, 넌 몰라.

걸음을 셀 수 없을 정도로 먼 곳에서부터 널 찾아갔어야 했나봐.

아니, 널 만나고 너에게서 멀어지는 걸음을 셌으면

딱 그만큼의 거리에서 널 생각할 수 있었을까.

항상 그랬던 것처럼 이번에도 날 도와줄 수 있겠지?

아니, 넌 아직 날 몰라.

너무 오래였어도 네가 모르는 나일 거야.

얼어붙은 것 중에는

자니?

아니……

다행이다. 네가 잠든 줄 알았어.

자니?

아니……

미안, 네가 자고 있는 줄 알았어.

자니?

응, 조금…….

괜찮아, 잠들면 안 돼……

혼잣말이 늘어갔다.

이젠 혼자 묻고 혼자 답한다.

산속은 완전히 하얗다.

맑은 물소리가 들려오던 계곡도 얼어붙었다.

내게 말을 걸어줄 이가 이젠 없다.

맑은 물소리가 들리지 않았을 때부터 졸음이 밀려왔다.

잠들면 깨어나지 못할 것 같다.

날 깨워줄 이가 이젠 없다.

눈을 떠도 눈을 감아도 온통 하얘서

내가 깨어 있는지 잠들었는지

말을 하지 않으면 알 수 없었다.

말을 뱉으면 눈 위로 내 말이 각혈처럼 뿌려졌다.

눈은 조금 녹다가 붉게 얼어붙었다.

어쩌면 계곡물이 풀릴지도 모른다.

충혈된 내 눈동자 위로 맑은 물소리가 녹아 조용히 넘쳐흐른다.

다시 첫 속삭임을 듣는다

밤새 앓을 만큼 앓았는데도 감기는 여전히 떨어지지 않고 붙어 있었어. 이마는 뜨겁고 코는 맹맹하고 뜨거운 국물을 먹고 싶었는데 벌써 출근 시간에 늦었어. 빈속에 감기약을 먹을 수 없어서 서둘러 토스트 한 조각을 구워 먹고 커피 한 잔을 내려서 마셨는데 맛을 알 수 없었어. 난 오늘 아침으로 스펀지 한 조각이랑 갈색 물만 먹은 거야.

밖에 나서자마자 나를 기다린 겨울비는 어찌나 차가운지 안 그래도 뜨거운 몸을 펄펄 끓여대기 시작했어. 이 나이에 뼈마디가 시큰하다면 웃겠지만 정말로 몸속 어딘가가 어긋나고 있는 것 같았어. 각오는 했지만 온갖 종류의 화장품 냄새를 한꺼번에 맡을 수 있는 출근길 만원 지하철에서는 속이 울렁거린 채 우산 하나를 의지하고 서서 버텼어.

그나마 다행인 건 칼 같은 상사님께서 출근길 러시아워에 불가피하게 걸려서 늦으셨단 거지. 그리고 하루 종일 최소자본에 최대이윤 창출의 부속품이 되어 자꾸만 풀리는 나사를 조이고 또 조이며 제자리걸음인 실적을 100% 달성키 위해 나 자신을 갈고 닦았어.

겨우 퇴근시간이 되었는데도 모두들 눈치 보느라 의자만 허리 아프게 삐걱거리고, 어쩔 수 없이 겁 많은 나는 부러진 총대를 메고 비굴하게

출입문을 살며시 열고 나왔어. 거리로 나서려는데 우산을 놓고 나왔다는 걸 알았어. 하지만 우산 때문에 다시 사무실로 용감하게 들어갈 순 없었지.

한시라도 빨리 집에 가고 싶어 축 늘어진 나 자신을 떠메고 빗속을 달려 지하철역으로 갔어. 다행스럽게도 퇴근길 지하철에서는 자리를 얻었어. 하지만 그것은 유혹이었고 함정이었어. 내려야 할 역이 가까워질수록 눈꺼풀이 무거워지더니 기어이 잠이 들고 말았거든. 차라리 회사에서 졸았더라면 당당하게 걸어 나올 수 있는 시간이었는데.

춥고 습기가 많아서 그런지 오늘따라 자물쇠가 잘 돌아가질 않아. 한참을 그러다가 시린 손으로 쓰다듬고 달랬어. 하다못해 내 입김까지 불어넣고 나서야 문은 열렸어. 예전엔 미처 몰랐어, 우리 집이 이토록 뛰어난 첨단 방범장비로 무장되어 있는지.

축축한 구두를 벗고 나만큼 축 처진 옷을 벗고 샤워를 하는데, 그나마 다행이었어. 그래도 이번엔 비누를 다 헹궜을 때 더운물이 끊겼거든. 안 그랬으면 또 한참을 욕실에서 쪼그리고 앉아 더운물이 나오기를 기우제의 제물이 된 처녀의 심정이 되어 기다리고 있었을 거야. 오늘만큼은 너그러운 보일러에게 감사의 말을 건네고 욕실을 나와 헐렁한 티셔츠를 걸쳐 입고 방 불을 끄고 스탠드를 켜고 그냥 빈속에 감기약을 삼키고 이젠 마지막이라고 생각하며 드디어 침대에 누웠어.

아니, 아직 아니야. 언제 창문을 열어두고 나갔는지 찬바람이 새어 들어왔어. 이번엔 정말 깔끔하게 하루를 마무리 짓고 싶어서 이를 악물고 창가로 걸어갔어.

 푸른 저녁 빛 속에 오늘 하루 동안 내가 스스로에게 단 한 번도 말하지 못했던 속삭임이 떨어지고 있었어.

 '이 바보 같은 첫눈……. 울지 마, 첫눈이 내리고 있어.'

 난 지금에서야 날 들여다보고 있어.

네 인생의 어느 날 첫 순간,
너도 듣고 있니?
첫눈이 내리고 있어.

서른 살 여배우를 연기하는 서른 살 여배우의 독백

혼자가 됐어.

혼자가 될 수 있는 나는 아직 남아 있어.

사진 속 나와 같이 서 있던 사람들을 지워버렸어.

명함 속에 장식됐던 내 20대의 이력들을 찢어버렸어.

이대로는 아니야.

나는 나를 연기하는 한물간 여배우일 뿐이야.

눈물이 나서 얼굴을 문질렀더니 짙은 원색의 화장품이 묻어나.

난 슬픈데도 웃어야 하는 처량한 삐에로였던 거지.

어쩌면 지금도 난 서른 살 여배우로서 어느 서른 살 여배우의 독백을

뱉어내며 넋두리를 늘어놓고 있는지도 몰라.

난 내가 누군지도 모른 채 나의 역할을 위해 무대 위에 올라갔어.

내가 누군지 모르는데 어떻게 연기를 해.

아무것도 모르고 날 찢어발기는 수밖에 없었어.

무대 의상 속의 내 몸뚱이는 상처투성이였어.

무대 바닥에 핏방울이 뚝뚝 떨어지고 얼굴에 식은땀이 흥건해도

사람들은 내 연기에 감동받아 박수를 쳤어.

정작 나도 관객들도 나를 모른 채였어.

무대에 조명이 켜지기 전, 난 항상 불안해서 우왕좌왕했어.

그 조명이 정확히 내 머리 위에서 떨어지는

톱 라이트 조명이라면 더더욱 그랬어.

어디가 내 자리인지도 모르고 당황하다

표시된 테이핑 자국을 보고서 겨우 내 자릴 찾고

그마저 보이지 않으면 운 좋게 연습대로

내 몸이 따라가 주길 바라는 거였지.

어쩌다 조명이 켜졌는데 내 몸이 조명의 절반에 걸쳐 있는 거야.

순간 준비된 대사가 머릿속에서 지워져버렸어.

내가 지금 어둠 속에 서 있는지 밝음 속에 서 있는지,

어둠에 속한 밝음에 서 있는지 밝음을 둘러싼 어둠에 서 있는지,

여기가 어디인지 내가 누구인지도 알 수가 없었어.

연출 지시에도 없는 긴 침묵에 관객들이 먼저 불안해하면

나는 예정된 상연시간에서 초과된 시간만큼

내 자유를 속박당할 각오를 하고 슬그머니 눈속임하며

빛 속으로 들어가 외웠던 대사를 말하기 시작해,

슬프면서 웃고 있던 삐에로를 연기한 서른 살 여배우의 독백을.

난 나를 알 수 없어요.

징그럽게 입꼬리를 올리고 웃고 있는 표정에,

눈에는 씻어도 지워지지 않을 만큼 검은 눈물자국이

진하게 그어져 있어요.

이게 나라고요?

정말 이게 나라고요?

이 삐에로 분장을 지우면 드러나는 맨얼굴의 여자는 누구일까요.

난 정말 모르겠어요.

정말 소름이 끼치는 건 내가 삐에로 분장을 지우고 나서도

입꼬리를 올린 채 울고 있다는 거예요.

난 이제 아무것도 아닌 여자가 되어버린 거예요.

난 내 나이보다 더 많이 죽어봤고

내 치아 수만큼 다시 태어나봤고

내 손가락 수만큼 많은 아이를 낳아봤고

내 손가락과 발가락의 마디 수보다 더 많은 죽음을 봤어요.

그래도 난 삶을 모르겠어요.

난 나를 모르겠어요.

지금 바라는 건 오직 내 거짓 같은 눈물이 마르기 전에

조명에 달궈진 내 체온이 식어가기 전에

내 진실 없는 넋두리가 끝나기 전에
불이 꺼지고 막이 내리는 거예요.
그러면 난 또 나를 모르는 채 나를 연기하다
당신들이 떠나간 이곳을 모르게 된 나를 데리고
어두운 거리 속으로 숨어들겠죠.
당신들은 지금 무엇을 보고 있나요?
나를? 나도 모르는 나를?
당신을? 당신도 모르는 당신을?
우리들은 결국 모르는 것을 아는 것처럼 바라보다
알 것처럼 박수를 치곤 서둘러 등을 돌리고 떠나가겠죠.

나 이제 마지막 공연을 끝내고 내 방에 홀로 앉아 있어.
이제 혼자가 되려 해.
이제 배우도 나고 관객도 나 하나야.
난 눈물이 빠져버린 회색 눈동자를 깜빡이고 있어.
내 등 뒤에선 내 눈물이 선명히 박힌 파란 눈동자의 내가
날 지켜보고 있어.
내가 혼자서 할 수 있는 일이란 잠들지 않기 위해 애쓰는 거야.
이제 내 방의 불은 꺼지지 않을 거거든.

난 내 회색 눈동자에 불을 지펴놓았어.

앞으로 몇 개의 눈물이 이 불마저 꺼뜨려버릴지 몰라.

하지만 난 잠들지 않겠어.

혼자서,

두껍게 발라져 이제는 굳어버린 이 석고상 같은 얼굴을 긁어내야겠어.

내가 나타날 때까지.

이제는

혼자서.

쓰고 진한 커피의 시간

아, 깜짝이야.

놀랐잖아, 또 너니?

나 괜찮아. 안 그래도 돼.

왜 자꾸만 뜨거운 물을 내게 부어주니.

나 그냥 흔한 여자일 뿐이잖아.

하루에도 네가 지나치는 여자는 열심히 곁눈질해도

두 눈이 모자랄 지경이고

뒤통수에 눈이 있었으면 하고

아쉬워서 뒤돌아보게 만드는 여자도 많아.

그런데 네 눈길을 받는 게 하필 나니?

내 입으로 굳이 말하지 않아도 알겠지만

내 나이는 너보다 '조금 더'라고 넘어가기에는 너무 많아.

또 시작이라고? 노처녀 자기변론 시간이 더 아깝다고?

너 연상녀 콤플렉스니? 그것도 심하면 병이란 걸 아니?

관심 없던 너의 연애경력이 궁금해지려고 그런다.

넌 또 누나라고 불러놓고 기어이 사기그릇 깨지는 소리를

한마디 던져버리고 나간다.

뭐? 다 쫄아 붙은 찌개그릇 같은 여자라고?

네가 나가버린 자리에서 한참을 바보처럼 히죽거렸어.

멍해서, 웃음이 나서, 네 말이 재밌어서, 네 말이 맞아서,

나에게 그렇게 적합한 말을 들어본 적이 없어서.

그래서 혼자 히죽거리면서, 나 자신을 생각하면서 웃었어.

이렇게라도 내게 웃어줄 수 있다고 생각하니

그 말이 그렇게 반가울 수가 없었어.

그래서? 그런데? 넌? 왜?

내가 너무 오래된 말을 하는 것 같지만 이해해줘,

아직은 누나니까.

나도 네 나이 땐 너처럼 넘치는 줄 모르고 끓어올랐어.

하루하루 넘치게 차올랐고

순간순간 날 데우기에도 벅찼어.

그러다 서서히 내가 없어지기 시작해.

너에게도 그런 순간이 곧 들이닥칠 거야.

어쩌면 벌써 몇 차례 그 순간을 지나왔고

지금은 나라는 여자의 벽에 네가 또다시 부서지고 있는지도 몰라.

결국은 바닥에 눌어붙은 나를 보게 돼.

이젠 여기까지구나, 날 다 써버렸구나.

내가 어디에서 무엇을 하고 있든, 누구를 만나고 무슨 생각을 하든

그 사실만은 변하지 않아.

더이상 데운다면 난 타버리겠지.

얼룩밖에 남지 않겠지.

눌어붙은 나마저도 잃지 않기 위해선 날 차갑게 식혀야 했어.

그때부터 난 이기적이고 계산적이 될 수밖에 없었어.

어쩌면 네가 지나치는 수많은 여자들보다 평범하지 못한

독이 될 수도 있어.

근데, 차갑게 식고 말라붙어 갈라진 나에게

네가 데워온 뜨거운 물을 부어주고 있어.

커피잔 밑바닥에 남은 커피 찌꺼기의 얼룩을 본 적 있니?

쓴맛조차 빠져버린 쓴 얼굴들.

시간에 남은 나의 흔적들이야. 그게 지금의 나야.

커피의 쓴맛도 그 맛을 알기 위해선 시간이 필요해.

하물며 더 지독하게 눌어붙은 나야.

네가 날 마실 수 있겠니?

검은 물에, 맛을 알 수 없는 여자의 흔적을.

난 더이상 향커피를 마시지 않아.

쓰고 진한 커피를 설탕 없이 마셔.

난 불면의 밤을 불면의 밤으로밖에 맞을 수 없는

그런 나이의 여자거든.

그런데 넌 왜 날 사랑한다 말하니.

난 너에게 줄 낮의 향기가 없는데.

아무도 모르게 겨울

아무도 날 모르게 해줘.

널 아는 누구도 나를 모르게 해줘.

내가 날 모르게 해줘.

안 그러면 내가 또 널 찾아.

널 보내게 해줘.

아무도 모르고

나도 모르고

나마저 없어져

너만 남아서

너만 떠난다면…….

난 괜찮아.

내 전부는 너와 함께 있어.

가다가 추억도 무거우면 날 버려.

내가, 떠나간 네 발자국을 거슬러

내게 돌아오게 해줘.

그래야 내가 다시,

나로

홀로 남아.

아무도 모르게

나로.

e p i s o d e 5

창백하지만 봄

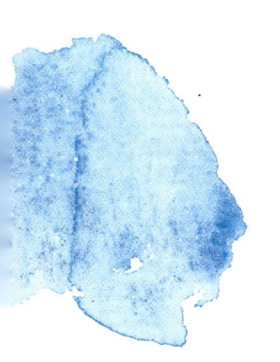

그녀가 쥐고 있는 것

사람들 작별의 인사가 끝나가고
위안의 손길들이 거두어지고
환하게 웃던 얼굴들 돌아서
각자 쓸쓸한 뒷모습으로 멀어져 가고
멀어지는 발걸음 소리 모퉁이를 돌아나갈 때,
나는 무언가를 잃어버린 조바심에 서성이다
곧게 뻗은 길 위에 나서지만
곧 혼자서 엉켜 서버린다.
그래도 내가 꼭 쥐고 있었던 것은 몰랐던 딸기 하나,
손안에 뭉개져 있다.
싱그런 5월의 햇살에 붉게 익었던 봄 내음이
손바닥에 가득 퍼져 있다.

98

그녀의 입술에 봄이 새겨진다

거리의 그림자가 옅어지고

쇼윈도에 비친 내가

그림자만큼 짙어지는 시간,

스쳐 지나가는 사람들이 속력을 내고

친밀한 간격에서만

서로를 알아볼 수 있는 타인의 시간,

딱딱한 그림자들이 밟는 발자국 소리가

불협화음을 내고

내 발에 밟히는 내 이름 소리를 듣다

걸음을 멈추고 길을 놓아버렸을 때,

숨이 차오르고

거리가 젖어들고

축축한 어둠이 넘실대다

무겁게 맺히고

조그만 숨 하나에

조용히 눈물이 흐를 때,

바람이 헝클어진 머리카락으로

위안처럼 얼굴을 지워줄 때,

내가 또 나를 헤매게 하고 있을 때,

나는 동그랗게 입술을 모아

작게 '봄'이라 말한다.

나는 초록색이 된다.

물 위의 하루

하루 종일 내가 쏟아질 것만 같은 하루
헛것들만 꾸역꾸역 삼켜지고
금세라도 토할 듯 뱃속이 출렁인다.
차라리 쏟아져라 한숨을 쉬어도
나는 쏟아지지 않고
그 틈에 헛것들이 또다시 들어와 뱃속을 채운다.
위태롭게 휘청거리다
그래, 나는 험난한 바다 위를 떠가는 배 위에 있다고
나 자신을 위로하고 만다.
그나마 겨우 버티다 배에서 내리지만

발밑은 여전히 출렁인다.

출렁이는 물 위에서 그래도 널 기다린다는 마음에

날 누르고 있었지만 약속은 깨진다.

너는 지금 네가 쥐고 있던 노를 놓을 수 없다고,

모두들 좌초당하지 않기 위해 노질에 정신이 없다고.

나는 내 몸에 무거운 추를 매달아

무릎까지 빠져가며 나를 끌고 집으로 간다.

멀리 뒤에서부터 다가오는 구두굽 소리, 골목길이 어둡다.

바다의 골목길에선 사람보다

차라리 물고기처럼 날렵한 고양이가 더 반갑다.

옷을 여미고 걸음을 빨리한다.

내 이름을 부르는 소리, 해적은 아니다.

너는 무언가를 줍는가 싶더니 일으켜 둘쳐 엎고 있다.

몇 걸음 걷다가 또 그런다.

난 너에게 다가갈 힘도 없어 가만히 바라보기만 한다.

넌 더 다가와 말없이 날 안는다.

넌 속삭인다.

"또 솟아졌다, 너."

발밑이 잠잠해지고 난 그를 안고서 허탈하게 웃는다.

빛이 속삭인다

이 봄빛은 무엇을 뚫고서 나에게까지 왔을까.

눈이 부셔 얼굴을 찡그려도 입가에 미소가 지어진다.

어릴 적 거울을 가지고 놀았을 때,

그늘진 담벼락에 빛을 반사시켜

내 손놀림을 따라 움직이는 빛의 걸음을

눈으로 밟아갈 때,

왜 그때 난 이 놀이를 빛놀이라고 부르지 않고

거울놀이라고 불렀을까.

거울은 내 손에 쥘 수 있고 만질 수 있는 것이어서?

빛은 잡을 수도 없고 쥘 수 없을 만큼 큰 것이라 겁이 나서?

정작 손안의 거울은 안 보고 빛의 움직임만을 눈으로 좇았으면서.

거울을 담벼락에 던져도 어둠은 깨지지 않았을 텐데.

실은 그 어둡고 무거운 담벼락에 구멍을 내고 싶었잖아.

뚫린 빛의 구멍 속에 비밀을 숨겨놓은 채 닫아두고 싶었잖아.

빛의 구멍 속에 맘을 담고선 그대로 빛을 내뺐잖아.

어쩌면 거울을 가지고 노는 건 흔한 일인데

빛을 가지고 논다고 하면 신기한 일이어서

모두들 비밀로 하고서 담벼락에 하나씩 숨겼을 거야.

거기서부터 비밀은 하나씩 늘어가기 시작했을 거야.

손안의 거울조각도 빛의 비밀도 잊어버린 내게 봄빛은 눈부시다.

내 유년의 비밀들이 어둔 담벼락에 갇혀 있다가

이제야 담을 뚫고 나에게로 온다.

난 그 순진함에 눈이 부시고 그 천진함에 웃음이 난다.

이별을 바라본다

처음엔 몰랐었다.

지나친 풍경이 지나가나 싶었다.

지나온 시간이 돌이켜지나 싶었다.

저기 내 표정이 간다.

저기 내 눈짓이 간다.

저기 내 말들이 간다.

그러다 내 얼굴이 지워져 간다.

저기 우리의 자리가 어두워진다.

거기에 깃들었던 향기가 지워진다.

거기에 머물렀던 시간이 땅에 스민다.

거기에 마주 보던 보고픔이 돌아선다.

내가 먼저 지워지고 네가 억지로 버티다 끌려갈 때

내 추억이 전부 빨려 들어간다.

너만 보내면 될 줄 알았는데

나도 모르게 내가 따라가고 있었다.

사라지는 것 중에 내가 없는 것은 없었다.

줄리엣은 영원히 네 곁에 잠든다

아, 너였구나.

왜 그렇게 말랐니?

널 못 알아볼 뻔했어.

길게 자라 헝클어진 네 머리카락 좀 봐.

하얗게 세었어. 그렇게 시간이 많이 흘렀니?

냉기가 서린 서리 조각이 내 얼굴에 부서져 내려 녹는다.

네 따뜻한 숨결이 내 뺨에 닿는다.

네 눈동자가 그렇게 짙었니?

헤어 나올 수 없는 것들이 가득 깃들었어.

하지만 너무 깊은 우물 속에서 내게 반짝이고 있어.

내 눈길이 저 어둠을 뚫고 너에게 닿을 수 있을까.

긴 시간에 깎여버린 네 뺨이 애처롭다.

네 턱은 위태로울 정도로 가늘어졌어.

네 얼굴을 만져보고 싶어.

거친 수염이 뒤덮은 네 얼굴로

참을 수 없었던

네 맘의 뿌리가 돋아난 흔적이 야프게 내 눈을 찌른다.

이젠 알아, 너무 늦게 떨리던 네 어깨를 봤어.

울지 마, 이대로 내가 부서져버릴 것만 같아.

내가 너에게 죽음 같은 방황을 줄 수 있는 존재라는 것을 몰랐어.

난 죽음 같은 깊은 잠 속에 빠져 있을 수밖에 없었어.

내 이별이 너무 차가워서 네 사랑의 뜨거운 진심을 몰랐어.

이젠 알아, 이제야 알았어.

누워 있는 머리맡에서도, 꿈속에서도 날 따르며 바라보던 별빛이

너의 잃어버린 눈동자란 걸 알아.

정처 없이 내딛던 발걸음마다 피어나던 풀꽃들이

네 황량한 마음 밭에 겨우 눈물을 끌어올려

키워낸 것들이라는 걸 알아.

네가 나를 오랫동안 바라봤단 걸 알아.

너무 늦게서야 비로소 드러낸 너를 나는 받아들일 수 없었어.

제발 부탁이야,

푸른 독병의 뚜껑을 열지 마.

난 죽어 있는 게 아니야.

이제야 널 느끼고 원해.

기다려줘, 난 깊은 잠 속에 빠져 있을 뿐이야.

널 기다렸어.

차라리 널 몰라보고 외면했던 내 뺨을 때려.

그래도 깨어나지 못하면 이대로 날 떠나.

푸른 독으로 너 자신을 태우려 하지 마.

네가 마지막으로 날 찾아왔던 날조차 난 널 외면했어.

하지만 다시 한 번만 날 봐줘.

다시 한 번만 날 살펴봐 줘.

네가 주고 간 단검,

네 눈물에 갈고 네 뼈를 깎아 붙인 단검이 없잖아.

네 사랑에 내가 깨어났을 때

나는 모든 것이 늦었고 어긋났다고 생각했어.

난 네가 그 단검으로 날 향한 사랑을 잘랐고

네가 다시는 날 찾아오지 않으리라 생각했어.

그 단검은 충분히 서럽고 날카로웠으니까.

난 이미 늦어버린 후회에 네 단검을 삼켰어.

그 단검은 또 다른 너였고 네 전부였을 테니까.

확신할 수 없었어.

내가 이대로 죽음 같은 잠 속에서 풀어져버릴지 다시 깨어나게 될지.

차라리 난 내가 깨어나지 않길 바랐어.

이미 모든 것이 늦었다고 생각했으니까.

이제 그만 나를 멈춰버리고 싶었어.

그런데 이렇게 늦게서야 그토록 그립던 네가 다시 찾아왔어.

이젠 다시 떠나지도 못할 지치고 힘에 겨운 모습으로

지금 내 곁에서 날 바라보고만 있어.

너는 지금 영원히 내 곁을 떠나지 않을 생각을 하고 있어.

네가 푸른 독병을 바라보고 주저할 때조차도 평온해 보였어.

순간 평온함이 옅은 떨림으로 바뀌고 네 입술이 내 입술에 닿았어.

괜찮아, 주저하지 않아도 돼.

네 입술은 날 모욕하는 입술이 아니라

내가 다시 볼 기대를 버리고 기다렸던 입술이야.

네 눈동자가 내게서 멀어지다 깊이 머문다.

날 깊이 거둔다.

네 눈동자가 넘친다.

네가 운다.

안 돼, 그러지 마, 푸른 독병에 입을 맞추지 마.

너는 주저함 없이 푸른 독을 마셔버린다.

아, 너의 서글픈 단검에서 싹이 트고 가지가 뻗어나간다.

내 메말랐던 몸속에 물이 차오른다.

차오른 물이 내 눈가로 넘쳐흐른다.

나는 죽음 같은 잠에서 깨어나고 있지만

차마 눈을 뜰 수가 없다.

난 이 비극 같은 우리의 사랑을 바꿔보고 싶었다.

내가 너의 단검을 삼켰을 때

내가 너의 마음을 비로소 내 속에서 녹여내면

내가 너의 서러운 사랑에 용서를 빌 수 있을 거라 생각했다.

그리고 어쩌면 그때쯤, 네가 생각난 듯

다시 날 찾아줄 수도 있으리라 가냘픈 희망을 품었었다.

그리고 그 무렵 내가 다시 깨어날 수 있으리라 생각했다.

하지만 여전히 나는 너의 사랑을 몰랐다.

너의 사랑이 얼마나 외로웠을지 얼마나 간절했을지

그 깊이를 다 헤아리지 못했다.

난 이제서야 안다.

나도 네 곁에서 영원히 잠들고 싶다.

너의 단검이 다 자라나 꽃으로 피어나기 전에

나는 몸을 웅크려 내 몸을 깊이 찌른다.

아, 이게 너의 사랑이었구나.

내 몸속이 불타는 듯하다.

내 전 존재가 뜨겁게 아프다.

그리고 널 마지막처럼, 처음으로 안는다.

난 불멸의 사랑에 기대어

죽음 같은 미소를 네 차가운 목덜미에 부어준다.

내 입술이 부서질 때까지 말해줄게, 날 용서해.

사랑아—

내 사랑아—

아— 사랑아—

내 사랑아—.

창백하지만 봄

그녀는 변함없이 차분한 모습으로 내 얘기를 듣고 있었다.

그녀의 따뜻하고 온화한 눈빛이 날 향하면

난 더 많은 말을 뱉어냈다.

난 내 비극적인 사랑의 대서사시를

처음, 중간, 끝으로 나누어 말하려다가

그녀만이 전해줄 수 있는 포근함에 점점 더 맘이 젖어들어

기승전결로 이야기가 늘어가고 나중에 가서는

두 손을 걷어붙이고 열을 올려 울고 웃으며 회상에 젖어들다

눈물짓다 화내다 원망하다 가슴을 치다 손을 모으다

내 사랑의 내역을

도입, 전개, 발전, 위기, 절정, 하강, 대단원의 구성으로 뽑아놓고

아예 하루씩 나눠 말하다 못해 시간으로, 분으로,

쪼개진 분은 점차 순간으로 접어들고 있었다.

그녀는 다만 조용히 입술을 모으고 고요한 눈빛으로

내 맘을 다독여주고 있었다.

내가 잠시 내 말에 지쳐 가쁜 숨을 몰아쉬고 있을 때

그녀는 내게 눈짓으로 양해를 구하고선 천천히 일어났다.

그러고는 향긋한 레몬티 두 잔을 가지고 왔다.

나는 단숨에 레몬티를 마시고 다시 편집된

내 열정적이고 비극적으로 어긋난 사랑을 말하려다 멈칫했다.

그녀가 담배에 불을 붙이고 있었다.

그녀는 담배를 피우지 않는다.

담배도 라이터도 새것이다.

그녀가 내 쪽을 피해 담배연기를 내뿜으려 고개를 돌리자마자

그녀는 심하게 기침을 콜록였다.

나는 그녀의 등을 쓰다듬어주기는커녕

그녀의 옆모습에 눈을 빼앗겨버렸다.

창백하지만 선이 곱게 살아 있는 뺨,

단정하고 오똑하지만 차갑지 않은 콧날,

가냘프지만 인정이 깃든 턱선,

아니, 아니다.

그녀의 기침이 심해질수록 그녀의 얼굴에 드러나는

벌건 화상자국이다.

그녀는 기침이 잦아들어도 돌아앉지 않았다.

그녀는 그 옆얼굴 그대로 잡히지 않는 먼 곳을 응시하고 있었다.

그녀에게 사랑이 있었다.

저렇게 조용한 그녀에게 자신을 태워버린 사랑이 있었다.

나는 내 상처를 지우기 위해 그녀의 아픔을 들추고 말았다.

침묵하며 식힐 수밖에 없는 그녀의 사랑에,

내가 떠들어댄 사랑은 얼마나 들뜨고 시끄럽기만 했을 것인가.

나는 그녀에게 진심으로 사과했다.

그녀의 눈은 젖어 있었지만 변함없이 온화한 미소로 날 바라본다.

나는 그녀의 손을 잡아 내 무릎 위에 놓는다.

내가 멋쩍어 웃자 그녀도 웃는다.

그녀가 주저하다 입을 연다.

"있잖아, 내 사랑은……."

나는 얼른 담배와 라이터를 숨기고

내 차가운 가슴에 그녀의 맘을 담을 준비를 한다.

117

e p i s o d e 6

타고 남은 여름

배고픈 청춘들, 황금빛 그리움을 줍는다

너와 만나기로 약속한 날이 되면

한 시간마다 '찰랑' 소리를 내며

동전이 떨어지는 소리가 몸속에서 울린다.

그러면 난 내가 무슨 자판기라도 된 양

푸념처럼 한숨을 뱉어놓는다.

그러다 시간이 가까워져 오면

10분마다 동전이 떨어지고

널 만나러 가는 도중엔 매분마다 떨어지더니

네가 보이기 시작하면 매초마다 떨어지기 시작한다.

나는 커다란 동전 주머니가 되어

무겁게 뒤뚱거리며 '찰랑' 소리를 낸다.

그런데 웬걸, 발밑에 황금빛 동전들이 떨어져

나를 따라오고 있다.

내 몸에서 황금 동전이 떨어지고 있었다.

아무도 보지 못하나보다.

나만 혼자 길에서 멈칫거린다.

슬쩍 손으로 집으면 그 순간 사라져버린다.

네 앞에서 껑충껑충 뛰며 무슨 소리 안 나냐고 물으면

너는 먼 하늘을 바라보다 내 이마의 열을 짚어본다.

한번은 한달음에 너에게 뛰어갔는데도 황금 동전은 남아 있지 않았다.

넌 내가 누군가에게 쫓기는 줄 알았다 한다.

잠시나마 내 정체를 의심했다 한다.

또 한 번은 조심스럽게 천천히 걸었는데

정작 네 앞에선 황금 동전이 찰랑거리지 않았다.

넌 내가 심각하게 아픈 건 아닌지 걱정하다

어딘가 어울리지 않게 고상하다며 결국은 핀잔이다.

대체 뭘까? 그 황금빛 동전은?

그걸 주우면 내가 배부르고도 남아 널 실컷 먹여줄 텐데.

방법은 있다. 운동장 같은 데서 둥글게 돌면서

나는 너를 쫓고 너는 내 뒤에 떨어진 황금 동전을 주우면 된다.

혹시 그러면 네 손엔 동전이 남아 있을지도 모른다.

그리고 6 : 4로 나눈다.

그보다 먼저 널 유인하기 위해 달래가며 널 먹여야겠다.

내 지갑은 가벼워도 난 벌써부터 배가 부르다.

꽃을 꺾는 한 소녀를 만났어

-꼬마야, 너 그렇게 함부로 꽃대를 꺾어도 되니?

소녀는 아직 다 피지도 않은 꽃송이를 손에 쥐고서
고개를 숙이고 있었다.

-내 강아지가 없어졌어요.
-강아지가 왜?
-아팠었는데 어젯밤 내가 잠든 사이에 사라져버렸어요.
-그런데 왜 꽃을 꺾니?
-내 강아지가 꽃을 먹는 걸 좋아했어요. 난 그때마다 꽃을 못 먹게 했
거든요. 이제 강아지가 사라져버렸으니까 내가 꽃을 따다 문 앞에 놓으
면 다시 돌아올까 해서요. 이제 야단맞는 건 무섭지 않아요.
-그랬구나. 난 또 네가 장난으로 심술궂은 짓을 하나 했어.
-여기 단추도 다 따뒀어요.

소녀의 손엔 예닐곱 개의 단추가 쥐어져 있었다.

아까부터 이 아이는 왜 옷의 단추를 채우지 않았을까 생각했었다.

아이가 추운 줄 모르고 단추 채우는 걸 잊었나보다 생각했었다.

−단추는 왜?

−내 강아지는 내 옷 단추 핥는 것을 좋아했어요.

−참 착하구나, 넌.

−아녜요, 옷이 더러워지면 안 되니까 그땐 못 핥게 했어요.

−네 강아지는 꼭 돌아올 거야. 혹, 못 돌아오더라도……

−아녜요!

소녀는 날카롭게 소리치며 내 말을 잘랐다.

−내 강아지는 꼭 돌아올 거예요.

−응, 그래, 그래야지. 그래도 아픈 몸으로 나갔다니 걱정스러워서.

−난 돌아올 때까지 매일 단추랑 꽃을 따놓고 기다릴 거예요.

−그래, 미안해. 너 때문에라도 꼭 돌아올 거야.

씩씩대던 숨소리는 잦아졌지만 여전히 소녀는 말없이 고개를 숙이고 있었다. 나는 더이상 해줄 말이 있을까 싶어서 그만 떠날까 하다가도 머뭇거리고 있었다.

소녀가 마침 입을 연다.

―만약에 강아지가 돌아오지 않으면 어떡해요?

―음, 네가 강아지를 잊지 않고 계속 기다려야 되겠지. 네가 자랄 때까지, 네가 네 슬픔을 담아낼 수 있을 때까지. 지금처럼 넘치지 않고 너도 강아지도 더이상 슬프지 않게.

―언니도 뭔가 잃어버린 적이 있어요?

―글쎄, 잘 모르겠네. 기억나는 게 없어.

소녀는 그제야 고개를 들어 내 눈을 깊이 바라보았다.

―나 여기서 꽃을 꺾다가 언니랑 똑같은 언니를 만난 적이 있어요.

―나랑 똑같은 사람을?

―정말이에요. 자기는 버림받아서 돌아갈 곳이 없대요. 그 언니가 가여워서 울다가 내 강아지도 불쌍해서 또 울었어요.

나는 그제야 소녀의 눈망울에 비친 내 모습을 볼 수 있었다. 옷의 단추가 다 떨어져 나가고 옷단은 찢겨, 나는 거의 발가벗고 있었다. 내 머리채는 누가 휘잡았는지 꺾어진 꽃대들처럼 헝클어져 있었다. 내가 이런 몰골로 어디를 가고 있었던 걸까. 누굴 찾고 있었던 걸까. 아무것도 기억나지 않는다. 내가 잊은 것이 무엇인지 그마저도 생각나지 않는다. 나는 드러난 내 젖가슴을 감싸 쥐고 소녀를 마주하고 있다. 내가 왜 이 아이 앞에서 부끄러움을 느낄까. 소녀는 점점 더 거세지는 내 눈길을 피하지 않고 맞바라보고 있다. 난 이 소녀가 두려워진다.

—우리가 언제 만난 적이 있니? 네 이름은 뭐니? 그렇게 바라만 보지 말고……

소녀는 자그마한 소리로 친숙한 이름을 말한다.

—아니, 좀더 큰 소리로 말해봐. 자꾸만 내 이름을 부르지 말고……

난 누구를 잃었고 또 잊었고, 또 누구를 함부로 끌고 다녔던 것일까. 난 또 누구를 우연히 만나고 있는 걸까. 내가 기억해낼 수 있을까……

어둔 동굴 속 빛나는 보석은

아무도 날 찾지 못해.

여긴 깊은 동굴 속이니까.

숨겨진 동굴을 발견하더라도 미로처럼 얽힌 통로를 거쳐

한참을 깊이 내려와야 내가 있는 암석들의 공터를 발견할 수 있어.

옛날에 이곳은 도적들이 훔쳐온 진귀한 보석을 감추는 비밀 장소였어.

누구라도 이 동굴을 발견하기란 쉽지 않아.

내가 있는 동굴의 빈 터까지 온다는 건 더더욱 불가능해.

여기까지 오기 위해선 자신과 맞바꿀 수 있는 그런 무언가가 있어야만 해.

난 내가 가진 것 중에서 나 자신이 가장 소중하다고 생각했기에

여기까지 내려와 숨어들었어.

밖에서, 사람들 틈 속에서 나는 늘 열등한 상처투성이였거든.

그대로 두다간 내가 되돌릴 수 없을 만큼 망가질 것 같았어.

그래도 가장 소중한 날 지키고 싶어서 스스로를 여기에 가뒀어.

내가 처음 여기에 들어왔을 때 가득 들어차 있던 보물들은

내게 아무런 가치가 없었어, 남들에게 쓸모없어 보이던 나에 비하면.

시간이 얼마나 지났는지 모르겠어.

한번은 여기에 서서히 물이 차오르자 보물을 숨겨놓았던 도적들이

여기까지 보물을 찾으러 들어오긴 했어.

그들은 날 발견하고 놀라긴 했지만 개의치 않았어.

그들의 눈에 난 여전히 쓸모없는 것으로 보였으니까.

그 후 여긴 텅 비었고 나 혼자만 남았어.

어둠과 추위에 익숙해지는 데는 고통스러울 만큼 오랜 시간이 걸렸어.

배고픔은 잊은 지 오래야. 끊임없이 솟아나는 맑은 물이면 족하지.

여긴 내게 제일 적합한 장소야.

그런데 어느 날부턴가 내 몸이 딱딱하게 굳어가기 시작했어.

더이상 추위도 배고픔도 느낄 수 없게 되었을 때

난 내 몸이 동굴의 암석들과 같은 돌로 변해가고 있다는 걸 알았어.

처음엔 두려웠지만 그 두려움조차 포기했어.

나는 동굴에 가장 잘 어울리는 동굴의 일부가 되고 있었으니까.

그런데 싫었던 건 빛나는 광석들 때문에

그나마 희미하게 살아 있던 내 눈이 서서히 꺼져간다는 거야.

내 몸이 식고 굳어갈수록, 내 눈이 꺼져갈수록 생각은 더더욱 많아졌어.

즐거웠던 일과 신났던 일, 슬펐던 일과 화났던 일,

처음이었던 일과 마지막이었던 일들이 뒤죽박죽되어 떠오르다가

내 속에서 빠져나가고 있었어.

그때마다 내가 참을 수 없어하면

몸이 뜨거워지고 눈앞에 환한 불빛이 일어났다 사라졌어.

나중에야 알았지만, 내가 참을 수 없을 때마다

손을 부딪쳤는데 그 순간 불빛이 터져 나왔어.

내 몸이 완전히 굳어져 동굴 속에 삼켜진 뒤

내가 무엇이 될지는 나도 몰라.

하지만 그 전에 한 번만이라도 남들은 쓸모없는 아이라고 해도

내가 가장 소중히 했던 내 모습을 꼭 보고 싶었어.

나는 굳어지는 기억을 짜내어 가장 좋았던 일과

가장 나빴던 일을 생각하다 참다못해 손을 부딪쳤어.

찰나에 불빛이 반짝하더니

내 얼굴을 한 박쥐들이 수북이 피어나 날아올랐어.

알아들을 수 없는 소리를 내지르며 동굴 속을 날아다니고 있어.

다시 한 번 가장 기뻤던 일과 가장 슬펐던 일을 생각하며

굳어가는 손을 움직여 맞부딪쳤어. 팔 한쪽이 떨어져 나갔어.

내 몸에서 물이 빠져나가고 있어.

검게 썩은 피가 솟아나더니 나를 적시고 있어.

두려움은 컸지만 난 이미 아픔도 느낄 수 없었어.

마지막으로 난 한쪽 팔로 내 남아 있는 힘을 짜내어

지금의 나만을 생각하며 가슴을 쳤어.

가슴에 구멍이 뚫리고 남은 팔이 마저 떨어져 나갔어.

아, 저것, 어둔 동굴 속에서 솟구친 빛의 날개,

내 속에서 빛이 쏟아져 나오고 있었어.

저 눈부신 빛의 날개는 날고 또 날아

어두운 동굴을 빛으로 가득 채우고 있어.

나 때문에 눈물이 나, 악취 나는 눈물이지만.

괜찮아,

아무도 믿지 않지만 내 속에도 눈부신 날개가 있다는 걸 봤어.

내가 저 빛의 날개에 말라가고 굳어갈수록 빛도 사그라지고 있어.

괜찮아, 아무도 몰랐지만, 난 그토록 아름다웠는걸.

난 나를 봤는걸.

그리고 날 보기 위해 단 한 번 내 전부를 걸었는걸, 그리고 봤는걸.

내 눈은 멀리 날아가는 빛의 날개를 떠나보내고

서서히 감기며 꺼져가고 있어.

난 오랫동안 잠겨 있던 방문을 열었어.

빛이 눈부셔 얼굴을 찡그리게 했지만 난 거리로 걸어 나갔어.

난 알고 있어. 내 빛의 날개는 이제 여기를 날고 있어.

어긋난 고백

내게서 그녀의 모습을 본다는 네 말이 솔직해서 좋았어.

거짓말이라면 그렇게 어리숙하지 않았을 테니까.

괜찮아.

나도 너에게서 그의 흔적을 더듬고 있었는걸.

그런 네 말 앞에 굳이 숨길 이유가 없었어.

그럼 이걸로 됐잖아.

더 복잡한 감정의 실타래 속에 우릴 엉키게 할 필요는 없잖아.

그런데 사랑이라니, 누굴? 아니 무얼?

이젠 너도 나도 다 지워졌구나 생각했어.

모르겠니?

우리가 짙어질수록 정작 너와 나는 옅어져 가.

다 지워져 버리고 결국 그와 그녀만 남아.

너와 나의 사랑은 여전히 너와 나의 이별의 이유야.

그것을 사랑이라고 부를 수 있다면 잘 생각해봐.

내가 말한 사랑이 커갈수록 그녀에 대한 그리움이 커가진 않았는지.

내 얼굴을 지우고 남은 얼굴을 똑똑히 들여다봐.

위로가 사랑이 될 수 있다고 생각하니?

이젠 됐어. 우린 다 지워졌으니까.

남아 있는 그들의 얼굴마저 지우려 하진 마.

내가 그녀를, 네가 그를 지운다고? 그건 우리가 할 일이 아니야.

내가 그를, 네가 그녀를. 이건 우리가 각자 알아서 해야 하는 일이야.

나 때문에 그녀가 지워질 수 있었다고?

네 사랑은 그렇게 쉽게 지워지니?

그들이 지워지지 않기 때문에 우린 함께 있었던 거야.

잊을 수 없는 사랑을 품을 수 있는 사람이라고 서로를 믿었기에

우린 함께 있을 수 있었던 거야.

그래서 우린 처음부터 어긋나 있었음에도 서로가 편했던 것뿐이야.

내가 널 사랑했다면

그건 너 때문에 그를 지울 수 있었기 때문은 아니야.

그건 그나마 남아 있던,

남아서 만났던 너와 나를 가장 구차하게 만드는 말이야.

너의 그녀도

나의 그도

혹, 너와 나의 불러보지 못한 사랑까지도.

식탁이 차려진 폐가

미안해, 여기까지 널 데려와서.

이러고 싶지는 않았어.

하지만 더이상 두고 볼 수 없었어.

우리의 체온이 떠나버린 자리를 시간에 맡겨두는 건

너무 무책임한 짓이야.

견디기 힘들겠지만 똑똑히 봐줘.

이 황량하게 무너져 가는 우리의 자리를.

아직은 움직이지도 말고 아무 말도 하지 마.

네 숨결 하나의 무게에도 집은 기울고 있어.

벽을 무너뜨리는 데는 네 심장소리 몇 번이면 충분해.

식탁에 차려진 저 음식들을 봐.

먹을 수 있겠니?

이젠 구더기도 지나가고 곰팡이도 검게 눌어붙어

썩어버린 흔적들뿐이야.

참을 수 없다면 지금이 아닌 옛 모습을 떠올려.

결국 너는 그때의 우리 집을 부숴야 하니까.

초대할 거면 제대로 정리 좀 해놓지 그랬냐고?

지금 너 초대라고 그랬니?

이 집엔 널 초대할 사람이 더이상 살고 있지 않아.

그녀는 이미 오래전에 죽었어, 네가 이 집을 떠났을 때.

넌 지금 이 어둠을 밝히는 게 저 촛불이라고 생각하니?

똑똑히 봐.

식탁에 남아서 널 기다리다 그대로 유골로 남은 그녀의 모습을.

지금 그녀의 눈동자가 불타고 있어.

우선 너의 기억 속에서 그녀의 살을 덜어내 그녀의 유골에 붙여봐.

그리고 그녀가 입던 옷을 입혀.

그러면 제대로 보일 거야, 지금 그녀가 널 지켜보고 있는 모습이.

준비됐니?

다 됐으면 이제 이 폐가를 부숴버려.

네 기억 속, 그때 그 모습 그대로

그때 그녀가 지켜보던 대로

흔적 없이 부숴서 묻어버려.

먼지 하나도 무거워서 날아오르지 못할 거야.

베갯잇에 서걱거리는 말

당신이 잠든 척해도 잠들지 못하고 뒤척이고 있다는 것을 알아요.

당신이 지금 속으로 울음을 삼키고 있다는 것도 다 알아요.

나도 잠들지 못하고 있다는 걸 당신에게 들킬까봐

조용히 베갯잇만 적시고 있어요.

하지만 터져 나오는 한숨만은 어쩔 수 없어요.

왜 그래야만 했나요.

지금 후회하고 있잖아요.

오랫동안 기다렸던 기회잖아요.

결국 또 나 때문에 포기했잖아요.

난 몇 년간 당신과 떨어져 있어도 살아갈 수 있어요.

알아요, 당신은 영악하지도 못하고 현실적이지도 못하다는 걸.

쉽게 나을 수 없는 병이란 걸 알면서도 날 택했잖아요.

그때부터 당신의 삶은 당신이 아닌 나에게로만 향하고 있어요.

나는 점점 당신을 무겁게 만들고 당신의 발목을 잡고 있어요.

그때도 지금도 당신은 날 택하기엔 아까운 사람이었어요.

내가 지금 당신에게 등을 돌리고 누워 있는 건 당신이 싫어서가 아니라

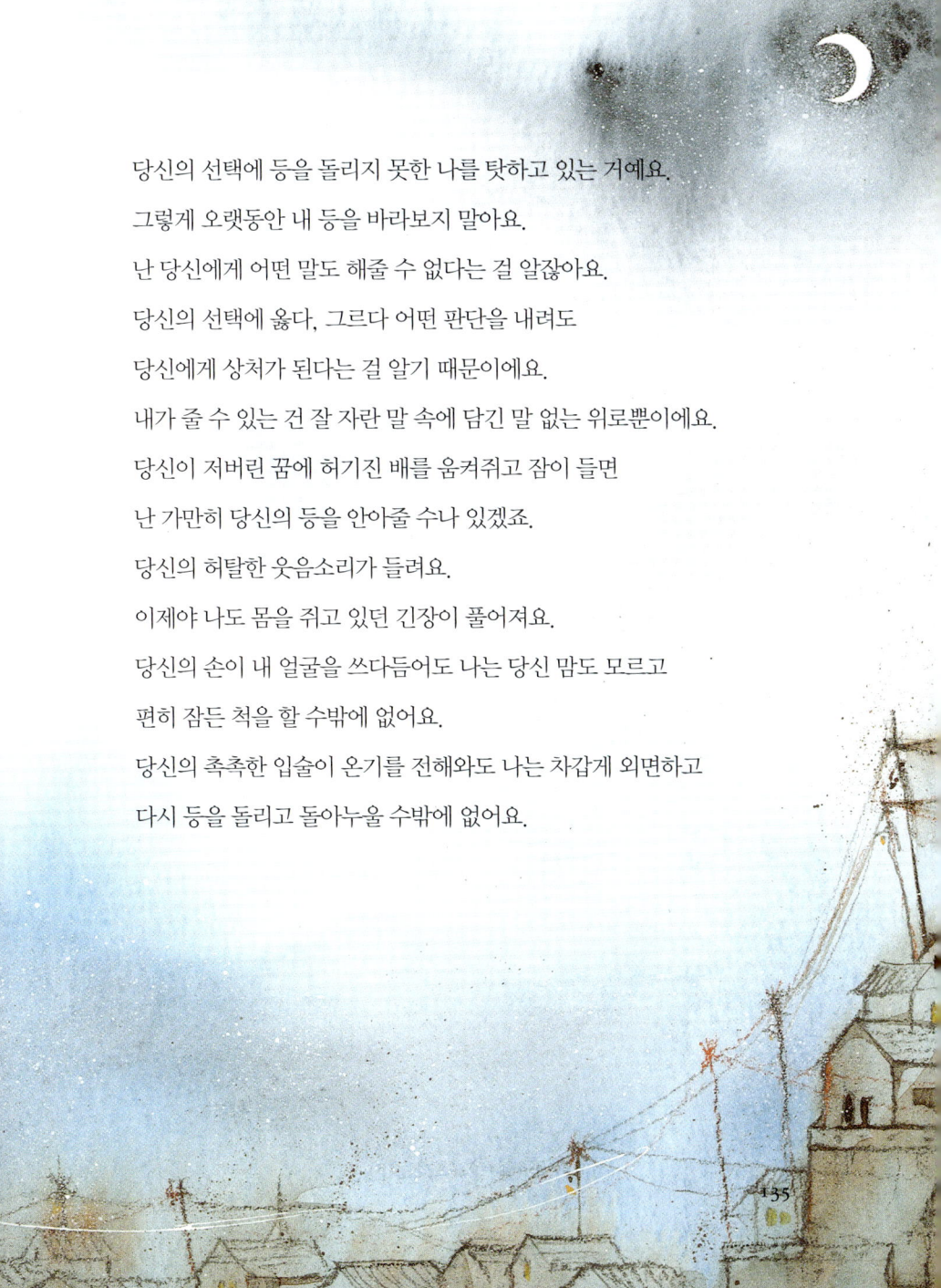

당신의 선택에 등을 돌리지 못한 나를 탓하고 있는 거예요.

그렇게 오랫동안 내 등을 바라보지 말아요.

난 당신에게 어떤 말도 해줄 수 없다는 걸 알잖아요.

당신의 선택에 옳다, 그르다 어떤 판단을 내려도

당신에게 상처가 된다는 걸 알기 때문이에요.

내가 줄 수 있는 건 잘 자란 말 속에 담긴 말 없는 위로뿐이에요.

당신이 저버린 꿈에 허기진 배를 움켜쥐고 잠이 들면

난 가만히 당신의 등을 안아줄 수나 있겠죠.

당신의 허탈한 웃음소리가 들려요.

이제야 나도 몸을 쥐고 있던 긴장이 풀어져요.

당신의 손이 내 얼굴을 쓰다듬어도 나는 당신 맘도 모르고

편히 잠든 척을 할 수밖에 없어요.

당신의 촉촉한 입술이 온기를 전해와도 나는 차갑게 외면하고

다시 등을 돌리고 돌아누울 수밖에 없어요.

사막의 여인

이제 그만 일어나.

네 등이 태양에 갈라지고 있어.

네 몸이 벌써 절반이나 모래 속에 파묻혔잖아.

어서 일어나.

넌 모래에 묻히려고 사막에 있는 게 아니야.

네 등은 사막을 건널 수 있다고 끈질기게 꿈틀거렸어.

다시 네 용기를 보여줘.

길을 잃었다고 절망하지 마.

어차피 여기에 길 따윈 없었어.

넌 길을 따라가기 위해 걸었던 게 아니야.

넌 새로운 너의 길을 만들기 위해 떠났어.

여기서 멈추지 마. 아직 끝나지 않았어.

내가 어떻게 여기까지 올 수 있었냐고?

네가 앞서서 길을 만들며 걸어가고 있었으니까.

하지만 그리움은 너를 앞질러 갈 수 없어.

나도 여기에서 멈춰버렸어.

네가 다시 일어서길 한참이나 기다렸어.

내가 널 일으키면

행여나 네 자존심에 상처를 줄까봐 많이 망설였어.

네 스스로 일어나길 바랐어.

어서 일어나.

일어나지 않으면 이대로 널 두고 돌아가겠어.

내가 어떻게 사라진 길을 찾아 사막을 건널 수 있냐고?

사막조차 건널 수 없는 사랑이라면 시작조차 안 했어.

널 찾아 떠나오지도 않았어.

자, 어서 내 손을 잡고 일어나.

내 눈물이 말라가고 있잖아.

내 눈물은 널 먹이기에도 모자라.

타고 남은 여름

얼굴이 화끈거려.

발가락 만지지 마, 간지러워.

머리카락을 헝클어뜨린 것도 모자라

이젠 내 옷을 잡아당기고 있어.

쉽게는 벗겨지지 않을걸.

조금 짠맛이지만 시원해.

내 입술이 저절로 벌어져.

내 귓속에 뭐라고 속삭여도 난 알아들을 수 없어.

너무 큰 기대는 하지 마.

네 앞에선 내 속살이 부끄럽지 않아.

그 여름

뜨겁던 태양,

푸르렀던 파도,

시원한 바닷바람,

그 속에 서 있던 나.

등 뒤에서 날 부르던 너.

잘 가라.
다시
이 여름.

e p i s o d e 7

얼룩이 번지는 가을

오래된 풍경이 담긴 엽서

올해도 벌써 가을이 다 가네.

낙엽이 진다.

이제야 달랑 엽서 한 장 띄운다고 섭섭해 마.

이제야 때늦은 러브레터 띄우는 것도 아니니까 당황하지 마.

너도 어지간하지,

내게 처음으로 보낸 엽서가 결혼 청첩장이라니.

네가 내게 떨군 낙엽이 오랜 시간을 날아 나에게까지 왔구나.

대체 이게 뭐니? 나는 그냥 웃고 만다.

알아, 네가 어디의 누구에게 네 결혼 소식을 전하고 있는지.

그건 너도 나도 잊어버리기엔 너무 아련한

첫사랑의 주인공들이겠지.

그리고 어쩌다 그 첫사랑의 주소가

아직까지 내 주소를 빌려 쓰고 있는 거겠지.

널 생각하면

저물 무렵 하굣길 등나무 밑에 서 있던 네 모습이 떠올라.

누구에게 보여주기라도 하듯

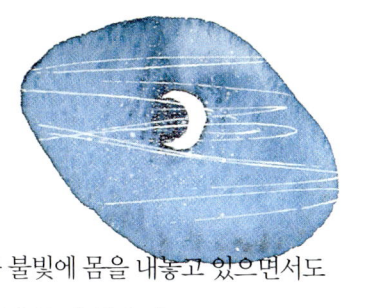

가로등 불빛에 몸을 내놓고 있으면서도

딴청 피우듯 서 있던 너.

넌 몰랐겠지만 난 널 지켜보다 집에 갔었거든.

뒷길이 더 빠르니까 지나가다 항상 널 볼 수 있었던 거야.

누굴 기다리는 것도 아니면서 꼭 거기 서 있다가

모두가 빠져나간 교문을 터벅터벅 걸어 나갔잖아.

그땐 몰랐었어.

네가 날 기다리고 있는 줄은.

안 그랬으면 지나가던 발걸음을 되돌려 네 등에

날카로운 질투 같은 건 세우지 않아도 됐을 텐데.

너와 내가 한창 자신을 먹이기에 정신이 없던 날들에서야

네 친구였던 동창 녀석에게 그 사실을 들었어.

이미 오래전 일이었으니까

그냥 안 놀라는 척 웃고 말았지.

이미 나는 너에게 있어

고단한 날 잠시 펼쳐보는

오래된 향기 나는 책의 한 페이지라고 생각했거든.

바보같이,

그땐 왜 지금처럼 뜬금없이

나 없인 죽는다고 협박편지라도 보내지 않았니?

난 슬그머니 사람 하나 구해주는 척 네 손을 쥐어줬을 텐데.

나도 바보 같아.

다 잊어버릴 수학공식에 너라도 대입시켜 한번 풀어볼걸.

아니면 얄미운 네 뒤통수에 대고

집에 가서 공부나 하라고 외치고 도망칠걸.

네가 뒤돌아보고 내 뒷모습을 빤히 바라보다

내가 누구인지 찾아보기라도 하게.

너와 나는 그렇게 가까이 있었는데.

통장 잔고에 내 손이 거칠어지기 전에

그때 네 손을 잡아줄걸 그랬다.

교통체증 속에 끼어드는 차를 욕할 목소리였다면

그때 네 이름이나 실컷 소리쳐 불러볼걸 그랬다.

그래, 첫사랑의 주소를 잊지 않고 네 맘을 보내줘서 고맙다.

미안하지만 난 이제

청첩장 속의 네 이름도, 네 신부의 이름도, 읽히지 않는다.

지난날 바보같이 같은 것을 찾아 다른 곳을 바라보던

순수한 눈동자만 만져진다.

난 이제야 네가 혼자 서 있던 가로등 불빛 속에

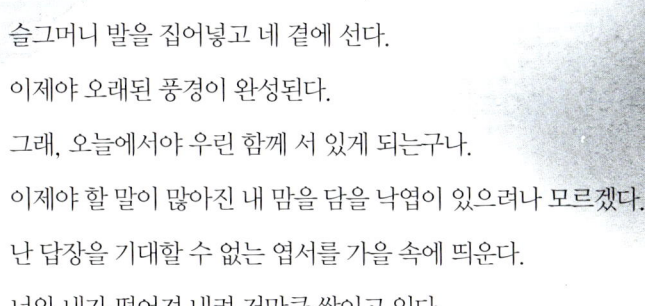

슬그머니 발을 집어넣고 네 곁에 선다.

이제야 오래된 풍경이 완성된다.

그래, 오늘에서야 우린 함께 서 있게 되는구나.

이제야 할 말이 많아진 내 맘을 담을 낙엽이 있으려나 **모르겠다**.

난 답장을 기대할 수 없는 엽서를 가을 속에 띄운다.

너와 내가 떨어져 내려 저만큼 쌓이고 있다.

물속의 소리가 흘러나온다

난 내 이름을 큰 소리로 말하지도 않고
도드라지게 울리는 소리로 대답하지도 않아.
구두 굽 소리조차 큰 소리로 울리지 않게
항상 신경이 쓰이곤 했어.
나는 감춰도 보일 만큼 큰 키도 아니야.
난 눈에 띄게 예쁘지도 않아.
내 생활은 우연이 생기기엔 틈이 없이 빠듯해.
나도 몰랐었어.
어떤 순간에 나도 모르게 물속의 풍경들이
물 위에 떠오르듯 비쳐진다는 것을.
낙엽이 진 나무의 가지가
내가 깊이 숨겨둔 속내를 닮을 수도 있다는 것을.
어쩌면 한숨이 뱉어지는 순간에
내 이마의 땀방울을 손으로 훔치는 순간에
나도 모르게 내가 풀어지곤 했나봐.
내가 감추고 싶은 쓸쓸함의 속삭임들이

여리게 쏟아져 내리곤 했나봐.

큰 기복 없이 흘러가는 일상 속에

날 달래곤 했는데

어느 날 문득 너는 생각난 듯

내게 성큼성큼 걸어왔어.

도드라지게 울리는 구두 굽 소리를 내며

큰 소리로 너의 이름을 말하며

마치 날 잘 알고 있다는 걸

숨기지 않는다는 듯이.

가깝고도 먼, 그리고 곁에 기대선

그렇게 큰 소리로 말하지 않아도 돼.

알고 있니?

넌 사람들이 있건 없건 소리치고 있어.

나조차도

사람들이 많을 땐 얼굴이 붉어지고

아무도 없을 땐 당황스러워.

잘 봐.

나는 네게서 멀어져 가는 사람들의 뒷모습 중 하나가 아니야.

난 네 뒤도 네 너머도 아닌

네 곁에 있어.

때로 침묵이 너와 나 사이에 자리를 잡아도

침묵이 그대로 머물다 가게 놔둬.

너와 나 사이에 생각이 많아져도

생각이 쌓이도록 가만히 둬.

우리가 서로를 털어줄 순 있어도

가장 무거운 건 사라지지 않고 남아 있어.

그 속에 우리의 사랑과 이별에 대한 진심이 뭉쳐져 있을 거야.

많은 감정의 편린들이 우릴 기쁘게도 아프게도 할 수 있지만

결국 우리를 움직이는 건 그 하나야.

나 이렇게 너와 가까이 있잖아.

저만큼, 여기서 안녕

날 향하던 너의 눈

내 표정을 받아 적던 너의 얼굴

내게 귀를 기울이던 너의 상체

나를 기다리며 서 있던 너

내 기울어진 그림자를 밟고 고개 숙인 너

내가 부르면 되돌아볼 수 있는, 저만큼 멈춰 선 너

이젠 발걸음 소리마저 희미하게 먼 너의 뒷모습

내가 안녕이라 말해도 너는 듣지 못하고 멀어져 간다.

나는 만남의 말도 이별의 말도

안녕이라 말하고

변함없이 여기서

너를 보며

너를 보낸다.

눈물

저 떨어지는
빗방울은
물 위에
자신을
남기고 있는 걸까,
지우고 있는 걸까.

수레바퀴 밑에서

난 너무 일찍 삶에 귀를 기울였던 걸까.

그래서 열려진 귀를 일찍 닫을 수밖에 없었을까.

난 왜 슬픔 속에다만 내 더듬이를 늘어뜨렸을까.

내가 그 슬픔들을 모두 감당할 수 있을 거라고 생각했을까.

나는 너무 먼 별에 내 꿈을 담아뒀던 걸까.

그래서 사람들의 몰이해 속에서 나만 혼자인 걸까.

나는 나도 모르게 사랑을 할 수도 사랑을 받을 수도 없는

사람이 된 걸까.

그래서 내 사랑은 더디게 오고 재빨리 등을 돌리고 떠나갔던 걸까.

내 몸에 걸려 덜컹거리는 시간들.

나는 여기에 누워 푸른 하늘에 날 던져본다.

155

검게 미뤄둔 날들

하루 종일 가능한 한 많은 말을 하고

되도록 크게 말하고

혼자서도 바쁜 척 많이 걷고

저녁도 밖에서 해결하고

사람들에 휩쓸려 딱 하루치의 우울함만큼만 즐거워하고

집에 돌아와서도 어제 청소한 방 안을 다시 구석구석 쓸고 닦고

오늘 입은 옷을 정리하고 세탁하다

일주일치 옷을 정하고 다리고

일주일치 양말과 속옷을 미리 세탁해서 널고

커피가 식기 전에 커피를 다 마시고

무릎 나온 트레이닝 바지를 꿰차 입고

늘어진 후드점퍼를 걸치고

색 바랜 빨간 모자를 눌러쓰고

피트니스 센터까지 걸어가고

러닝머신 위에서 뛰다가 걷다가

다시 집에까지 걸어오고

다시 한 번 샤워하고 캔맥주 하나를 마시며

TV 홈쇼핑 채널을 5초 단위로 바꿔가며 보다가

오늘의 날씨만 귀담아 듣고

내일이 벌써 오늘인 것에 안도하고

이를 닦고 불을 끄고 침대에 누워

내일 아침에 급하게 마실 커피의 농도와

토스트의 굽는 시간에 따른 맛과 양과 시간을 계산하다

내일의 머리모양과 화장과 액세서리와

힐과 단화와 스니커즈 중에 신을 신발을 정하고

택시와 버스와 지하철에 따른 출근시간과 출근형태를 정하고

눈꺼풀이 무거워지면 나는 "가벼워진다, 가벼워진다"라고 주문을 외고

밝은 빛 속에 낮잠을 생각하며 잠 속에 빠져든다.

안 그러면 내 나이만큼의 검은 꽃이 아주 천천히 피어나기 시작한다,

새벽이 올 때까지.

나는 아직은 어둠 속에서 검은 꽃인 그 꽃의 색깔을 보게 될까

조바심이 난다.

그 꽃의 색이 정해진 것이라면.

아니, 끝까지 검은 꽃일까 두렵다.

얼룩이 번지는 가을

내가 검게 타서 눌어붙은 자국
나만이 알아볼 수 있는 무늬
나만이 알아들을 수 있는 말들
나만이 이해해줄 수 있는 시간들

여기 나만이 나에게 건네줄 수 있는 위로
이젠 나를 풀어내기 위해
내 작은 눈물방울들이 모였다.
얼룩이 번지면
이젠 피어라.
아직은
검은 꽃이라도.

159

e p i s o d e 8

하얗게,
아무것도 아니게 겨울

타고 남은 자리에서

왜 내게 온기가 만져질까
너에게 다 준 줄 알았는데
너에게도 이 겨울은 길 텐데

차고 맑은 자리에서

희고

큰 새가

앉았다가

날아간 자리.

차가워도

참 맑다.

나는

낡고 더러워진 여장을

비로소 여기에 풀어놓는다.

여긴

차갑게 식어버린 나를

내놓아도

차게 느껴지지 않는다.

사랑해서 남은 것들

곧바로 말하지 못하고

여러 번 맴돌다 익어서 나오는 말들

작지만 복잡한 생의 궁리가 새겨진 씨앗들

시간에 있어서 약속시간을 맞추는 것보다

일부러 돌아가서 늘리고만 싶었던 감정의 지속된 순간들

다 타버리고 나서야 연기로 날아오르던 내 맘이 거둬진 이삭들

허한 발걸음을 멈추고 주머니를 털어내면

사각거리며 밟히는 추억들

추운 겨울밤의 적막

아니, 편안한 침묵

그래도 새벽에 서리가 내려앉고

아침 햇살에 녹으면

맺혀 있는 내 그리움의 얼굴들

그마저 표정을 떨구고

다시

혼자

나는

더 촘촘한 체로

생각을 거르고

아무것도 남지 않을 때까지

이별의 마지막 춤

나는 멀미약까지 챙겨 먹고

편한 운동화를 신고 신발끈을 단단히 조여놓았다.

행여나 나도 모르게 눈물이 쏟아질지 모르니까

손수건도 주머니에 넣어두었다.

나는 심호흡을 한 번 크게 하고

단단히 바닥을 딛고

곧게 선다.

출발을 알리는 방송이 나온다.

서서히 기차가 구르기 시작한다.

잘 가요—

잘 지내요—

이제 떠나가세요—

멀리멀리 떠나가세요—

네—

네—

나는, 나는…….

순간 플랫폼에 서 있는 내 몸이 팽팽히 당겨지고
내 몸에 감겨 있던 실타래가 풀리기 시작한다.
기차 뒤에 묶어두었던
내 마음의 끝자락이 떨어지고 있다.
나는 점점 더 빠르게 몸이 돌아가기 시작하고
내게서 눈물이 빠질수록
내가 가벼워질수록
내 몸짓은 도약하며 회전하는 춤이 된다.

추억의 만찬

많이 먹어.

꼭꼭 씹어서

맛있게

밥 한 수저에 반찬 한 젓갈씩.

밥도 많이 해뒀고

반찬도 너무 많다.

구수한 보리차도 끓여놨어.

아이스크림도 있고

사과랑 포도도 있어.

커피원두도 갈아놨고

녹차도 있어.

배부를 준비해.

나?

난 준비하면서 이것저것 먹었어.

지금은 네가 먹는 모습만 바라볼래.

어때?

맛있지?

바쁜데 저녁 초대해서 미안해.

너도 가끔은 날 저녁에 초대하니?

어쩌다 저녁을 먹지 않아도 배가 불러.

혼자서 밥을 먹다 자꾸만 네가 목에 걸린다.

미안해, 물 좀 마실게.

내 천사의 날개

천사의 날개도 오랫동안 쓰면 낡게 될까?

아니면 천사라는 존재처럼 항상 맑고 깨끗한 새것이었다가

욕망이라고 부르기엔 너무 순정한 것에 자신을 던져

땅에 추락했을 때에야

비로소 벗어놓은 날개가 한꺼번에 낡아버리는 걸까?

나는 누구에게 '내 천사'라는 이름으로 불려본 적도 없고,

내가 믿는 순정한 것에 날개를 벗고 스스로를 내던진 적도 없지만

오늘에서야 신경 쓰지 않던 내 속옷을 살피다가

그것들이 모두 낡았다는 것을 알고

괜한 쓸쓸함에 내 나이를 헤아려보다가,

내 여자는 내 곁에 헌 날개만 남겨두고

혼자서 날아가 버리진 않았는지.

짙게 낀 차가움

네가 입 속에서 뱉어놓은 얼음조각을 손에 꼭 쥐고 있었어.

다 녹아버릴 때까지.

이젠 됐어. 다 녹아서 흘러내렸어.

내 손에 네 흔적조차 남아 있지 않아.

이제야 편안해졌어.

그러는 동안 쓸쓸하지 않았냐고?

아니, 속이 다 시원해.

그러는 동안 춥지 않았냐고?

아니, 이마에서 땀이 다 나.

내가 준 내 머리카락이 네 손에서 다 끊어져버렸다고?

그 머리카락, 빠진 걸 모아서 준 게 아니야.

내가 내 생머리카락을 휘잡아 뽑아준 거야.

마지막 부탁인데, 내 머리카락 아무 데나 버리지 말아줘.

아무도 모르게 눈 속에 묻어놓고 냉정히 떠나줘.

섭섭해하지 마.

네 얼음조각은 다 녹아 흐르는 바람에 어쩔 수가 없어.

대신 내 손이 얼었어.

그러다 내 몸 전체가 얼어붙었어.

난 얼음의 방에서 너를 뱉어내기 위해

떨리는 턱을 끊임없이 달그락거리고 있어.

한낱 미련 때문에 내 방 창가에 기웃대지는 마.

내 눈물에 끓어오른 수증기가 방 안에 가득해.

창문에 짙게 낀 성에 때문에 넌 날 찾을 수도 없을 거야.

하얗게, 아무것도 아니게 겨울

눈송이가 내려앉아도 내 건반은
더이상 소리가 울리지 않아.

나의 덮개를 닫고서 일어섰지만

아쉬움은 없었어.

눈 위에 발을 내딛어도

내 발자국은 찍히지 않아.

"그래"라고 나는 지금의 나에게

무겁게라도 수긍해줘.

하지만 내 말은 소리가 나지 않고

내 입김만 하얗게

저만 가볍게

피어오르다

아무것도 아니게

사라져버려.

그래, 잠시만

잠시 동안만

아무것도 아니게

입김처럼

다만 나는

내 흔적인 것처럼.

episode 9

벌써, 아니 너무 늦게 봄은

4월의 빛

"응."

"응."

"응"이라고

짧게 대답만 했어.

딱히 적당하게 떠오르는 말이 없었어.

네 어깨에 기대

눈부신 햇살에 눈을 찡그리고 있는 게 좋았어.

그렇게 가만히.

6월의 바람

바람 속에서
빵 굽는 냄새가 난다.
다 타버릴까 봐
내가 다 조바심이 난다.
난 많이 먹는 편이 아닌데
너와 함께 있으면
왜 배가 고파오는 걸까.
혹시 너도?

8월의 소나기

장마철이 지났는데
제법 오래가는 굵직한 소나기다.
지구의 기온이 올랐기 때문이란다.
우리의 체온은 얼마나 올랐을까?
우리는 한때의 동굴 같은 어둠 속에서
시원한 겨울잠에 빠져들었다.
털을 비비며 둘이 합해도
36.5도다.
우린 하나와 같다.

10월의 석양

노을빛이 몸에 물들 때까지
서로의 등을 오래 바라봐주었다.
그래도
너도 모르게 네 어깨에 쌓이는 쓸쓸함은
털어지지 않았다.
너의 어깨에 손을 얹으려다 그만둔다.
그것은 너만의 것임을 잘 안다.
너도 손을 멈칫거리다 만다.

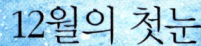

12월의 첫눈

첫눈이 내렸다.
너와 함께 첫눈을 맞이하는 기쁨보다
올해의 첫눈은 더이상 없다는 사실이
바보처럼 더 서글펐다.
너의 손에 군고구마가 들려 있다.
뜨거운 속을 먹기 위해
까맣게 탄 껍질을 벗긴다.
난 차가운 내 속을 덥히기 위해
뜨거운 고구마를 삼킨다.
넌 아직 입김을 불어 고구마를 식히고 있다.

2월의 개나리

입춘이 지났지만 아직 바람이 차갑다.
요 며칠 한때 햇살이 따사롭긴 했다.
그때를 믿고 개나리가 꽃을 피웠나보다.
다 피우진 않고 몇 송이 틔워 세상을 살핀다.
봄을 기다리며 제 속을 헤아리다보면
잠깐의 봄기운에도 손을 내밀고 싶은가보다.
새해의 일출 여행 이후 너에겐 연락이 없다.
나는 내 손을 내 속에 거둔다.
개나리와 철쭉이 가득 피어날 때까지
기다려야 할지도 모른다.

4월의 그늘

널 다시 만나기 위해

우리의 1년을 짝수 달로 되돌렸었다.

너와 나는 짝수였어도 하나였단 생각이 든다.

채우지 못한 이야기들이 아직도 많다.

하지만 이마저도 지워져야 한다는 것을 안다.

단지 너와 내가 홀수가 될 때까지.

우리가 각자 '나' 였을 때의 최초의 쓸쓸함이

우릴 지켜줄 것이란 걸 알고 있다.

변하지 않고 간직해온 그 쓸쓸함 속에서

우리는 다시 살아갈 것이다.

너에 대한 그리움이 스민 그 쓸쓸함의 빛깔이

더 진해졌다는 것만 알고 있다.

4월의 빛 속에서 너의 어깨에 기대고 있었을 때

나는 우리 맞은편 그늘진 구석을 내다보고 있었다.

저 그늘 속에도 봄을 옮겨다 놓고 싶었다.

나는 지금 그늘에 기대어 앉아 있다.

햇빛은 변함없이 눈이 부시고 나는 눈을 찡그린다.

너에게도 봄이 오고 갈 것을 안다.

벌써, 아니 너무 늦게 봄은.

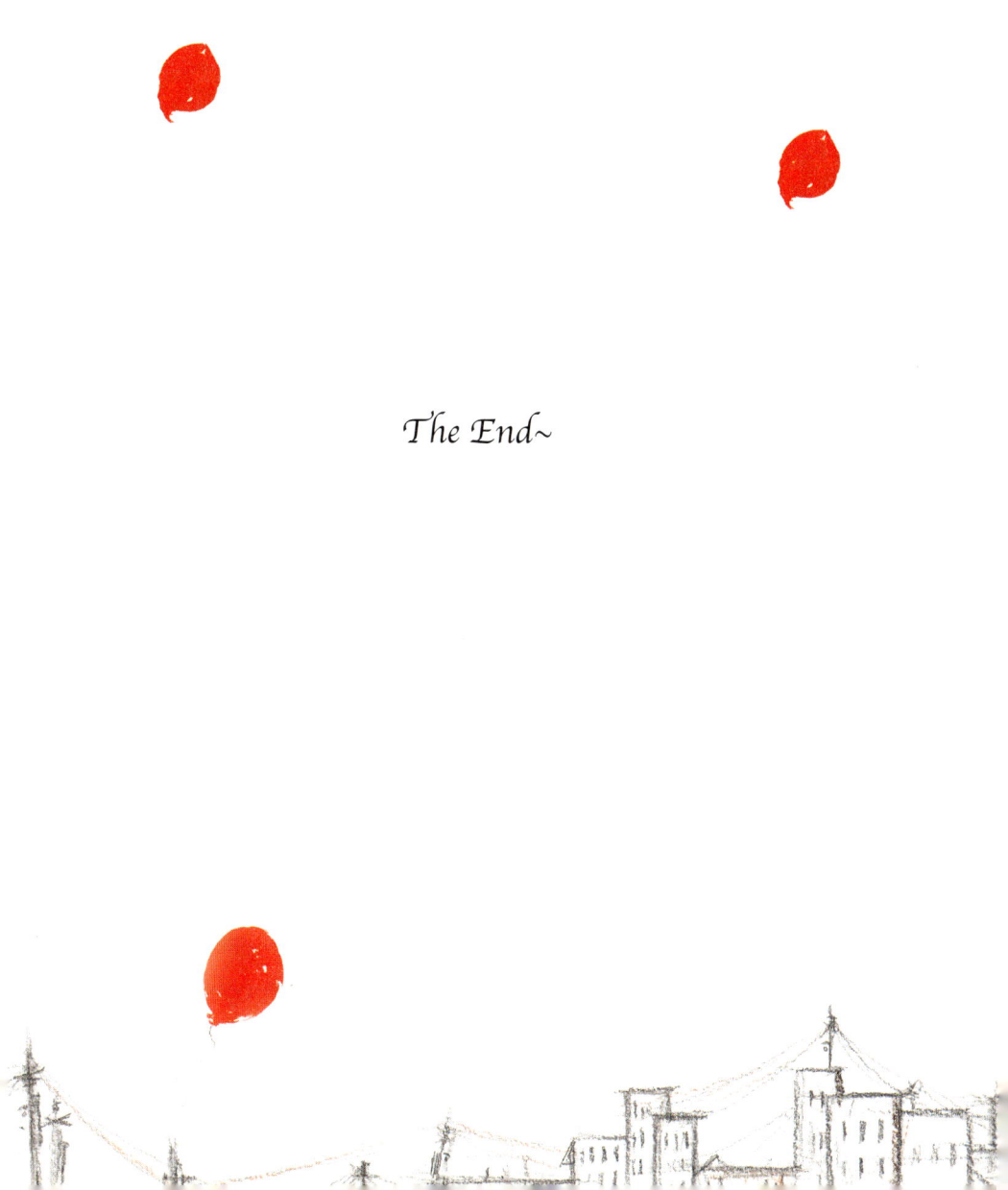

The End~

나의 줄리엣에게
사랑이 왔다

글그림 · 최영란 | **펴낸이** · 박은서 | **펴낸곳** · 주변인의길

편집 · 송이령, 김선숙, 석호주, 송훈의 | **마케팅** · 최근봉, 추미경, 김종수 | **총무** · 조향미 | **관리** · 김진규, 박종금

주소 · (412-820) 경기도 고양시 덕양구 토당동 836-8 칠성빌딩 301호

TEL · (031) 978-8767~8 | **FAX** · (031) 978-8769

http://www.jubyunin.co.kr
jubyunin@jubyunin.co.kr

초판 1쇄 인쇄일 · 2006년 3월 15일 | **초판 1쇄 발행일** · 2006년 3월 20일

ⓒ 최영란

ISBN 89-91605-40-0(03810)